集英社文庫

# 海色の午後

唯川恵

もくじ

本文デザイン◉木佐塔一郎（キ・サ・デザイン）

# 海色の午後

# 1

「雨が降ってきたのかしら」

遙子《ようこ》はベッドから腕を伸ばして、カーテンを引いてみた。だが、外は暗闇《くらやみ》で、よくわからない。

「何、どうかしたの？」

隣で寝ていた耕平《こうへい》が、少し頭をもたげて尋ねた。

「雨らしいわ」

「雨だって、夕方はよく晴れてたけどなあ」

と、遙子と一緒になって窓の外をのぞいたが、すぐあきらめたようである。

「外見たってわかるわけないよ。どうせ真っ暗なんだから」

耕平は半ばあきれたようにつぶやいた。

「私にはわかるの。ほら、波の音が聞こえなくなったでしょう」

「波の音？」

「そう、雨が降るといつも聞こえなくなるの。まるで、音を吸収してしまうみたいにね」

「ふうん」

耕平は気のない返事をしながら、サイドテーブルから煙草を取り上げた。ライターに火がともると、遙子は時計の針が十一時半を回っていることに気づいた。

「耕平、十一時半よ。もうそろそろ帰った方がいいんじゃない」

「ああ」

耕平は一応返事をしたが、一向に起き上がりそうな気配はない。

「帰るの面倒臭くなったなあ。泊まっていこうかなあ」

と、ふたたびベッドの中に潜《もぐ》りこんだ。

「お母さん、待ってるわよ」

耕平はここから歩いて十分とかからない、私立医大の学生である。だが自宅の方は、十キロほど離れた市街地にある。

遙子の住むこのマンションにも、医大の学生が結構暮らしている。授業料が日本で一番高いと噂《うわさ》されるだけあって、お金持ちが多いらしく、皆優雅な生活をエンジョイしているようだ。

「追い返すことないだろ」

耕平は口をとがらせて、少し不満気な表情を見せた。

「別に追い返すつもりはないわ。泊まりたければ泊まっていったっていいのよ」

だが正直言って遙子は疲れていた。やはりひとりでゆっくり眠りたい。

昨夜の土曜は、明け方近くまでかかってプログラムを一本仕上げている。今日の日曜は休日出勤をしたのだが、キーパンチャーの女子たちは休みなので、自らキーを叩《たた》いてカードも作成した。それから何度かジョブテストをくり返して、ようやくＯＫが出たのだ。

遙子の勤める『ソフトウェア・サービスセンター』ではこんなことなど日常

# 9
# 海 色 の 午 後

茶飯事だが、今夜はとにかく眠りたい。

近頃、どこの会社でもオフコンやパソコンを先を争うように導入している。だがそのほとんどは使いこなせず、宝の持ち腐れになってしまう。そんな会社等を対象に、相手の希望するソフトを作成するシステムエンジニアが遙子の仕事である。

今日の休日返上の仕事は、製薬会社の在庫管理処理中のトラブルである。ハードウェアの故障ではなくウェイト状態が続くという、最悪の事態だった。そのうえ棚卸《たなおろ》しの時期が近づいているとかで、何としても休み明けまでに間に合わせてほしいという依頼である。が、とにかく間に合ったのだから、疲れはあっても気持ちは軽かった。

「じゃあ帰るとするか」

耕平は吸い終わった煙草を灰皿に押しつけると、身軽にベッドから飛び降りた。

「シャワーは」

「いいよ、うちで入るから」

形のよい締まったお尻《しり》を無造作に見せながら、耕平は洋服を着始めた。

「耕平」

「ん」

「耕平の一番魅力的なところは、お尻ね」

そう言うと、耕平はズボンをはく手を止めて、意味ありげに顔を向けた。

「尻だけじゃないよ。その前についているものの方が、もっと魅力的さ」

と、本気でもう一度ズボンを脱ぎかけようとする。遙子は笑いながら、目の高さまで毛布を引き上げた。


耕平と知り合ってから、三カ月ほどが過ぎた。その時期は、ちょうど遙子が現在の仕事に変わった時と一致する。そして、この海の見える部屋に越して来た頃とも同じだ。

短大の情報処理専門課程を卒業して、遙子は地元銀行のコンピュータールームに入行した。最初の話では、すぐにでもプログラムを組ませてもらえるとの予定だった。だが実際に配属されると、プログラムどころかキーにさえ触れることが出来ない仕事に回されてしまった。

それでも一年我慢した。

一年の間に、プログラム言語は新しいものがどんどん開発されていく。本を読んでいる程度では、なかなか追いついていくことは出来ない。やはり現実の仕事として身近に接していかなければ、すぐに取り残されてしまう。

遙子は一年たって、それでもシステムへ加えられないことを知ると、短大時代の教授に相談に出かけた。時間的に不規則だが、という条件付きで、教授は今の職場を遙子に紹介してくれた。

その分少し給料が上がったことと、出社時間が三十分延びたことで、遙子は思い切ってこの海の見えるマンションに越して来た。

耕平とは、引っ越し当日、近くの喫茶店で出会った。

その店は、カウンターの向かい側が一枚ガラスで、海が一望出来るようなつくりになっている。籐《とう》でまとめたボックスが二組。十脚ほどのイスに囲まれた大きなテーブルがひとつ。庭には白いスチール製のベンチが置いてある。喫茶店といっても夜になればお酒も出すらしく、メニューも豊富だった。

*13*

# 海色の午後

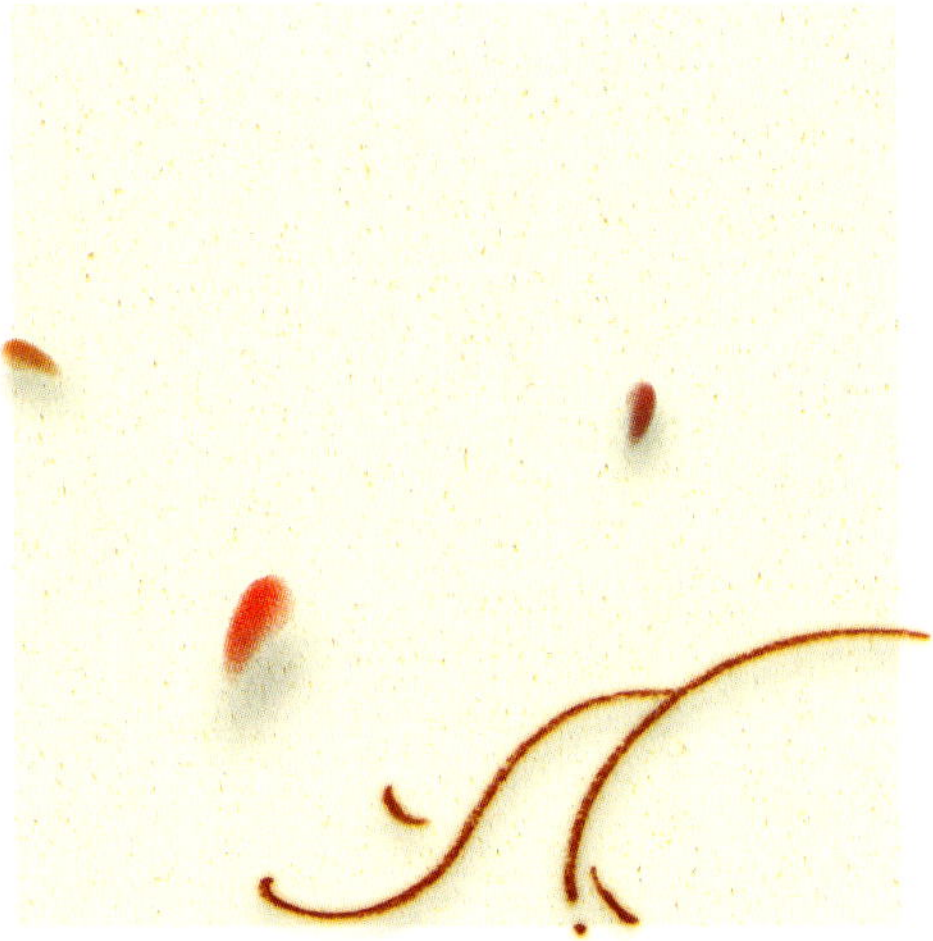

引っ越しがすむと、今夜は自炊する元気はなかった。表通りでたまたま見つけたのがこの店である。シャレたロゴマークが気に入って、遙子はふらりと店の中へ入った。

耕平はそこでアルバイトをしていた。

ひとりだったので、遙子は気楽にカウンターに座った。メニューの中からドリアを注文してゆっくり目線を上げると、目の前に大きく海が広がった。夕日には少し時間が遅すぎたが、まだ空には茜色《あかねいろ》の名残りがある。

「ねえ、君、さっき引っ越ししてた人じゃない？」

先に声をかけたのは耕平だった。

「そうよ、よく知ってるわね」

「やっぱり。デビッド・ボウイの大きなポスターあっただろ、あれどこで手に入れたの」

耕平は今出会ったばかりだとは思えないほど、ざっくばらんな口調で話しかけた。

「イギリス旅行した友達にもらったの」

「へえ、やっぱりね。日本じゃ手に入らないんだよね、あんな大きいやつ」

耕平はさかんに感心しながら、うなずいている。

「好きなの」

「好きなんてもんじゃないさ」

「あげようか」

思わずポロッと口から出た。

「えっほんと、いいの」

「いいわよ」

遙子自身はそれほどデビッド・ボウイが好きなわけではない。お土産《みやげ》の主、つまり短大時代の同級生である万里《まり》が熱狂的なファンで、イギリス旅行の際、遙子の分も買って来たのだ。

万里が知ったら怒るだろうな、と思いながら、耕平の無邪気に喜んでいる顔をみていると、今さら引っこめるわけにはいかなかった。

「じゃあ、あとで僕取りに行くよ」

「ええ、五階の506号室よ」

「ＯＫ」

初めて会った男に自分の部屋を教えるなんて、と少し軽率過ぎる自分を反省したが、耕平には警戒心など忘れさせるような明るい雰囲気があった。

「僕、森耕平。そこの医大の学生なんだ」

「私は野口遙子」

その夜、店のアルバイトの帰りに、耕平は遙子の部屋を訪ねて来た。約束通り、きっかり九時半だった。

あらかじめポスターは丸めてすぐに持って帰れるようにしておいたのだが、遙子は耕平の顔を見るとつい悪戯《いたずら》っぽい気持ちが浮かんで、部屋に入るように勧《すす》めた。それはやはり、耕平が年下であることや、学生だとわかったせいに違いない。

「いいのかなあ、初対面の女の子の部屋になんか上がりこんじゃって。どこかに怖いお兄さん隠れてないだろうね」

と、口で言う割には、耕平は遠慮なく窓際の一等いい席を占領した。

「何か飲む？」

*17*

# 海 色 の 午 後

「何があるの」

「ビールとトマトジュースと牛乳」

耕平は少し迷ってから、「牛乳」と答えた。

「ねえ、何だよあれ」

しばらく物めずらしそうに部屋の中を見回しながら、耕平はキッチンに立つ遙子に向かって大きな声で尋ねた。トレイに牛乳と自分のビールのグラスを並べて部屋に戻ると、耕平はもう一度言った。

「あれだよ」

「ああ、あれね」

ガラステーブルにグラスを置きながら、遙子は少し困っていた。

「……三味線よ」

「しゃみせん？」

「そう」

「あの、芸者さんなんかが弾《ひ》く」

「そう」

「君、芸者さんなの」

耕平の突拍子《とっぴょうし》もない発想に、遙子は思わず飲みかけのビールを吹き出した。

「まさか」

「なあんだ、違うのか」

「そんな風に見えた」

「全然見えなかったよ。でも見えなかったから、こいつはすごいって思ったんだ。ジキル博士とハイド氏並みにね」

「ずい分時代がかった話を持ち出すのね」

遙子は相変わらず笑っていたが、頭の中では、耕平の推測が満更《まんざら》はずれているわけでもないと思っていた。

「じゃあ、なぜ君が三味線なんか持っているのさ」

そこに置いてある理由なら簡単だった。引っ越しのゴタゴタにまぎれて、しまい忘れただけのことである。けれど持っている理由となるとちょっと説明しにくい。遙子はしばらく考えてから、

「母の形見《かたみ》よ」

と、結局は正直に答えた。

「ふうん、形見ねえ」

耕平はグラスに一杯あった牛乳を半分ほど飲むと、唇の周りに付いた白い液体をぬぐおうともせず、真正面からのぞきこむような眼差《まなざ》しを向けた。

「君って不思議な人だね。なんだか持ってるイメージと似つかわしくないことばっかり言うんだもの。三味線だとか、形見だとか。どうもピンとこないな」

「でも、イメージなんて言われても、それは私が作っているわけじゃないわよ。あなたが勝手に思いこんでるだけ」

「なるほど、そう言われればそうだ」

耕平は無防備に笑って、残っていた牛乳を飲み干した。

「じゃあ、君のお母さんでもそういう仕事をしてたのかい」

素朴な質問は、時々こうして相手を困らせてしまう。それに本人が気づいていないだけにやっかいだった。

「まあ、そういうこと……」

これ以上、耕平が母について尋ねて来たら何て答えようか、遙子はぼんやり

*21*

# 海色の午後

と考えていた。初対面の耕平に身の上話を聞かせるのもどうかと思うが、どうってことない相手だけに、気楽に話してもよいような気がする。どちらにしても耕平の出方次第だ。

「君さ、ボウイの最新アルバム聴いた？」

「ううん」

耕平は遙子の思惑とはまったくはずれて、急に話題をボウイへ戻した。そしてひとしきりしゃべってから、帰り支度を始めた。

「僕、土曜と日曜の夕方、あの店でアルバイトしてるんだ。今度また遊びに来てよ」

「そうね、感じのいいお店だったし、ドリアもとってもおいしかったわ」

遙子は立ち上がって、丸めておいたポスターを手渡した。

「じゃあ、待ってる」

狭い玄関で、背の高い耕平は長い足を折りたたむように、テニスシューズをはいた。それから思い切ったように、もう一度くるりと振り向くと、

「僕、また遊びに来てもいいかな」

と尋ねた。

「いいわよ、でも来る前には電話してちょうだい」

「うんわかった。じゃあ番号教えて」

遙子はマッチ箱の裏に電話番号を控えている耕平の手元を見つめながら、どうしてこんなことになってしまったんだろうと考えていた。なんだかいつもの遙子らしくない。どうも、この幼さの抜け切らない耕平のペースに、巻きこまれてしまったような気がする。

「じゃあね」

書き終わったマッチ箱を、ズボンのポケットにねじこんでから、耕平は軽く手をあげて帰って行った。

電話がかかってきたのは、それから一時間もたっていなかった。

「僕だよ。実はさっき言い忘れたことがあるんだ」

あまりに突然で、遙子は「僕」と言われてもピンとこなかった。まさか今帰ったばかりの耕平からかかってくるとは考えてもいなかった。しばらく記憶の糸をたぐり寄せてから、遙子はようやく声の主に気づいた。

「あら、君なの。何か忘れものでもした？」

「まあ、忘れたと言えば忘れたことになるんだろうけど」

「何」

「僕さ、本当はデビッド・ボウイってあんまりわかんないんだ」

「えっ」

「どっちかって言うと、ニューミュージックなんだよね」

「じゃあなぜポスター欲しがったりしたの」

「それはさ、君がてっきり好きなんだろうって思ったから。君と話をしたくってさ、無理してたんだ。さっき話したこと、全部友達の受け売りなんだ」

耕平は飾らない言い方をした。遙子はその言い方にとても好感を持った。

「どちらかと言うと、サザンかユーミンなんだよな」

「私もどちらも好きよ」

「ほんと、ああよかった。それ聞いてホッとしたよ」

「そんなこと言いに、わざわざ電話してきたの」

「まあね。それから、ちょっと声も聞きたかった」

電話の向こうで、はにかんでいる耕平の姿が目に浮かんだ。その素直な言葉は、遙子を温かい気持ちにさせていた。そして、長い間そんな気持ちを忘れていた自分に、遙子は改めて気づいていた。

「じゃあね」

耕平はあの時と同じように片手をあげて、ドアの向こうに消えていった。しばらくすると、耕平の車らしいエンジン音が聞こえた。静かな夜の中に、その音はいつまでも消えようとはせず、遙子の耳に残った。

# 2

「野口さん、電話よ」

マシン室で、今朝課長から手渡されたばかりの仕事をしていると、遙子は先輩の樋口頼子《ひぐちよりこ》から呼ばれた。

「はい、すみません」

ひざ掛けをはずして席を立つ。

外はもうすっかり暖かくなっているというのに、マシン室は冬のままだ。人間よりも機械中心の仕事なので仕方ないが、特に夏場は外気温との差が大きくなるだけに、体の調子がおかしくなる。温度は一定だが、昼夜問わずフル回転のマシンを冷やすためにファンが回っていて、体感温度はかなり低い。そのうえ騒音も激しいし、女性の労働としてはきびしい方だった。

「三番よ」

「はい」

遙子は赤いランプが点《つ》いている「3」のボタンを押して、受話器を耳に当てた。

「もしもし、野口ですが」

「あっ遙子、私」

万里だった。先日電話があった時は、北海道に旅行すると言っていたから、帰って来た報告かもしれない。

「旅行、楽しかった？」

「もう、最高。摩周湖《ましゅうこ》なんて、ほんと感激しちゃったわあ」

黙っていれば、北海道の話がえんえんと続きそうである。

「万里、悪いけど急ぎの仕事があるの。北海道の話はまたゆっくり聞かせてもらうわ」

遙子は適当な所で話をさえぎった。

「ああ、ごめんごめん。私も仕事中なんだ。じゃあ今夜どう。お土産も買って来たし、話したいこともあるんだ」

「いいわ」

「何時になりそう？」

大手の損保に勤める万里は、五時きっかりに終わる。だが、遙子の場合は、そうはいかない。

「そうね、七時なら確実よ」

「じゃあ七時に決まり。いつもの店で待ってるわ」

万里は旅行がよほど楽しかったらしく、ウキウキした口調のまま電話を切った。

「どうもありがとう」

「いいえ」

頼子に声をかけてマシン室に戻る。

遙子は頼子が苦手だった。髪をいつもきっちりと編みこみにしているのだが、それが性格をよく表しているように思う。くっきりとした二重まぶたでとても

*29*

# 海色の午後

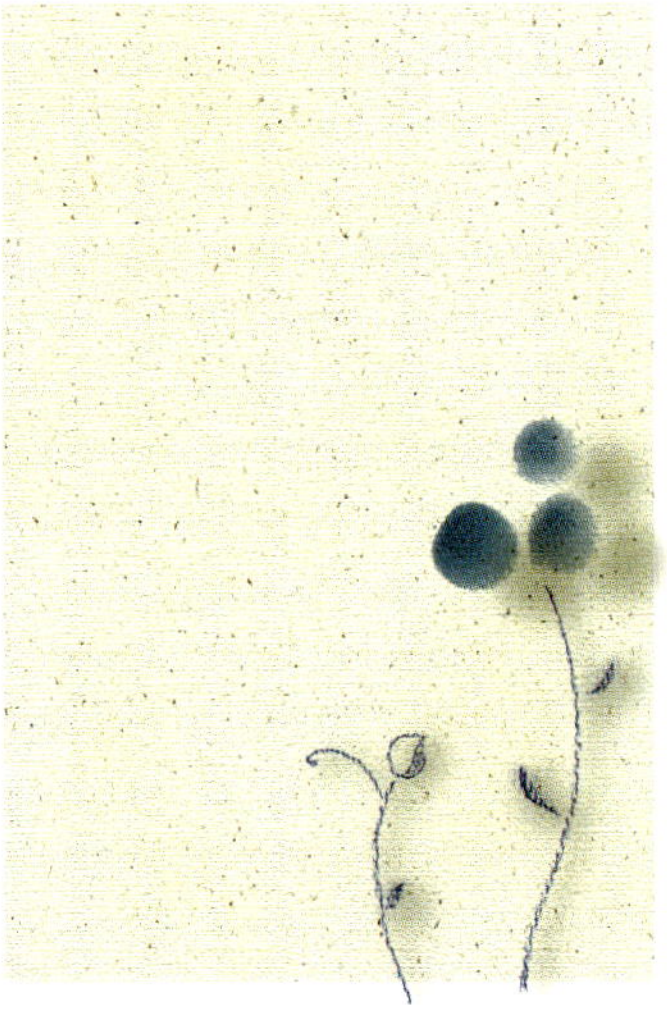

美人には違いないのに、銀ぶちのメガネがそれを人に気づかせずにいる。なんだか、きれいでいることを憎んでさえいるようだ。

　仕事の方は、テスト中二度ほどエラーが出たがすべてパンチミスで、あとはスムーズに進んだ。万里との約束には、十分間に合いそうである。


　万里は先に来ていた。思わず腕時計をのぞいてみたが、約束の七時にはまだ五分ほど残っている。いつも遅れる万里にしてはめずらしい。

「遅い、遅い」

　万里はめざとく遙子を見つけて、少し口をとがらせながら言った。

「よく言うわ。いつも待たせる人が」

「あら、そうだったかしら」

「これだもの。あ、マスター、私も水割りね」

　店全体を黒とシルバーで統一させてあるこの店に通うようになってから、もう三年近くたっていた。マスターは三十代半ばの、なかなかのハンサムである。

　最初は万里がこのマスターに夢中になって、それに付き合わされているうちに遙子も常連になった。もちろん万里の想《おも》いは片道通行に終わったが、結局飲むとなればついこの店に決まってしまう。それになによりも、マスターがあまり話好きでないことが、遙子は一番気に入っていた。

水割りのグラスがカウンターの上に置かれると、遙子は目の高さまで持ち上げて、軽く乾杯の真似《まね》をした。喉《のど》が渇いていたせいか、口当たりがとても良く、つい半分を一気に飲んでいた。酔いが急激に回るのが、自分でもわかった。空腹のせいもあるかもしれない。遙子はメニューの中から、ツナサンドウィッチを注文した。

「旅行、それでどうだったの」

サンドウィッチをひと口ほおばると、遙子はようやく落ち着いた気分になって万里に尋ねた。

「やあねえ、さっきから話してるじゃない、聞いてなかったの」

「そうだった？」

「あーあ、話す気なくなっちゃったわ」

「そう言わないでよ。お腹が空いてたんだからしようがないでしょ。それで、純一君とはけんかもせず仲良くやれた」

万里はもう一度あきれたように遙子を見ると、

「遙子、一緒に行ったのは修《おさむ》よ。まったくもう、人の話全然聞いてないんだから」

と、今度は本当に怒ったように言った。

「あら、純一君じゃなかったの。修って誰よ。私聞いてないわよ」

「ほら、ひと月ほど前、会社の取引先の営業マンと知り合ったって言ったでしょ」

「ああ、あの人」

万里はいつもこんな調子で遙子を驚かす。だから彼が突然変わったことぐらいは慣れっこなのだが、知り合ってひと月で旅行に出かけるとは意外だった。

「そうそう、お土産があるの」

万里はバッグの中を探って、千歳《ちとせ》空港の包装紙にくるまった紙袋をふたつ取り出した。そしてそのひとつを遙子に手渡し、もうひとつをマスターに差し出した。

「僕にもくれるの、何だか悪いなあ」

「たいした物じゃないから」

万里はもう遙子のことなどそっちのけで、マスターばかりを見つめている。

それを横目で見ながら、遙子は自分の分を開いた。木彫りの可愛らしいキーホルダーが出て来た。マスターのは、白いハート形のケースに入ったホワイトチヨコレートである。

「ありがとう、子供が喜ぶよ」

マスターは臆面《おくめん》もなく言った。

「これだもの。子持ちの男性にプレゼントしたって、全然張り合いないいんだから」

それから遙子の方に体を向けて、

「どう気に入った？　私も同じ物買ったんだ」

と、ふたたびバッグを探って、中から同じキーホルダーを取り出した。

「ありがとう。すてきだわ」

「遙子の新しい部屋のキーでもつけてね」

「うん、そうする」

お嬢さん育ちの万里は、人に物を買ってあげたりプレゼントしたりすることがとても好きで、旅行に出た時などいつもマメにお土産を買って来る。その点は、遙子と大分性格が違っている。遙子は旅行そのものもあまり好きではないし、まして売店などで人の気に入るものを選ぶのは苦手だった。それは遙子が人付き合いが悪いというよりも、考え過ぎるという点にある。万里のように、自分の好みを押しつけがましくなく相手に贈るというのは、一種の才能かもしれない。もらう方は、実は何をもらったって嬉《うれ》しいに決まっているのだから、遙子も適当に決めてしまえばいいのに、いつもああでもないこうでもないと迷ってしまう。やがて、迷っている自分に対して嫌気《いやけ》がさしてしまうのだ。

「ところでさ、遙子。実は、私結婚しようかと思ってるんだ」

万里は突然言った。

「えっ」

「結婚よ」

「結婚って、誰と。その修って人と？」

　カウンターの上に忘れたように放り出されて、ほとんど氷の溶けてしまった水割りを、不思議と万里はおいしそうに飲み干した。

「違う人」

「違うって、じゃあ誰。純一君?」

「違うわ」

　万里はボトルを取り上げて、自分で水割りを作り始めた。

「もしかして、あの人なの」

「あの人って誰よ」

「支社長よ。ついに奥さんと別れたの?」

　万里は、氷を入れる手を止めて、あきれるように笑った。

「支社長なら、春の人事異動で九州に転勤になったわ」

　あきれるのは万里ではなく、遙子の方である。万里はついでのように、遙子のグラスにも氷を落とした。

「遙子の知らない人」

「ふうん、相変わらず素早いのねえ」

少し皮肉をこめて言ったのだが、万里はまったく気づかずに、意味ありげな表情を浮かべた。

「お見合いしたの」

「お見合いって、いつ」

「修と旅行に出かけるちょっと前よ」

「だって万里、ついこの間まで、見合いなんて絶対いやだって言ってたじゃない」

「それはひと月前までのことよ」

「何よ、それ」

「それまではともかくステキな恋愛がしたかったの。でも急に結婚したくなったのよ」

「どういう心境の変化」

「自分でもよくわかんない」

「でも――」

遙子は言いかけて、次の言葉を呑《の》みこんだ。これ以上、万里にとやかく言う

37

# 海 色 の 午 後

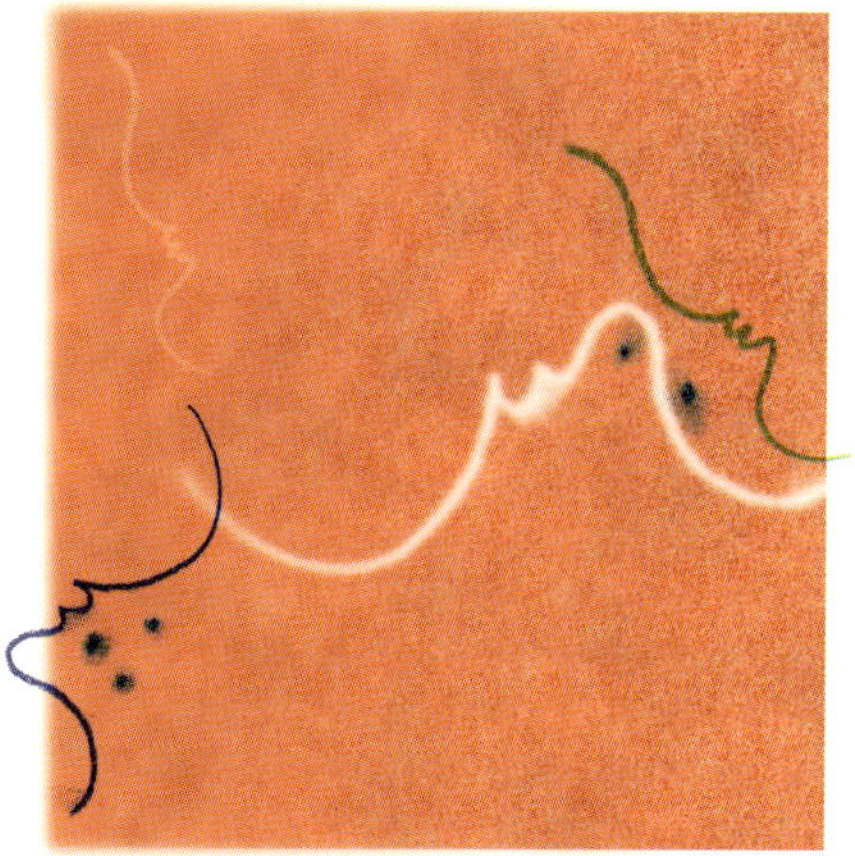

権利はないし、万里に別の意味で受け取られるのも嫌だった。

「でも、またずい分急な話ね」

うまい具合に話を変えて、遙子はグラスを持ち上げた。ひと口飲んだが、さっき万里が入れた氷のせいか、アルコールの味はさっぱりしない。

「結婚なんてそんなものよ。まだ三回しか会ってないもの」

「たった三回で決めちゃったの」

「ううん、決めたのは二回目」

考えようによっては、たった二度会っただけで結婚を決意させてくれるような男と出会えたことは、万里にとってラッキーなことかもしれない。

「両親が、すごく乗り気なの」

万里はさらりと、万里には似合わない殊勝なことを言った。

そう言えば、万里の家はかなりの資産家である。適当に遊んでいる分には何も言われなくても、やはり結婚となるとそうもいかないのだろう。

「だから、修とはお別れ旅行だったわけ」

「ふうん」

「遥子もいずれは、あのお医者様の卵君と結婚するんでしょ」

「まさか」

遥子は思わず手にしているグラスを落としかけた。

「あら、どうして。お医者さんなら将来も安定してるし文句ないじゃない。それに彼、耕平君って言ったっけ、耕平君の家って、あの大きな森産婦人科でしょ。末は院長夫人じゃないの」

「万里は考え方が短絡《たんらく》ねえ。耕平はまだ学生よ。それに私、結婚なんて一度も考えたことないわ」

「どうして?」

「どうしてって言われても……」

確かに万里の疑問は当然だった。世間で言う適齢期に入ろうとしている女が、結婚のことを考えないはずはない。する、しないは別として、どこか頭の一部ではたえずひっかかっているものなのだ。

「私はさ、万里と違って、ほら、いろいろ複雑な背景があるから」

別にそれが本当の理由とは言えないが、遥子は半ば考えるのが面倒臭くなって答えた。

「遙子のお母さんが芸者さんで、遙子が私生児だってこと」

万里はズバリと言った。

遙子は、万里のように歯に衣《きぬ》を着せない言い方が嫌いじゃなかった。それは本当に万里の育った環境が良いせいもあるだろう。万里のように裏のない言い方をされると、そのことに神経をとがらす自分の方がおかしいような気になってしまう。

「だって、お父さんはわかってるじゃない。認知だってしてもらってるんでしょ」

「それは、そうだけど」

「山岸電機の御落胤《ごらくいん》だもの、いくら耕平君の家が大きな病院だって、文句言われる筋合いはないわ」

まだ文句を言われたわけでもないのに、万里は本当に腹を立てているようすだ。かえって、遙子がなだめ役に回った。

「バカね、万里がそんなムキになることじゃないじゃない」

遥子はさかんに憤慨している万里を適当にあしらいながら、自分で言ったものの、本当の理由はそんなことではないと思っていた。そんな、遥子自身以外のことでなく、もっと本質的な所から来ているような気がする。それが何なのかよくわからない。もしかしたら、母の生き方が強く影響しているのかもしれない。だがどちらにしても、結婚という響きに一向に魅力を感じないのは確かだった。

「私のことはおいといて、それで万里が結婚するって相手はどんな人？」

遥子が話題を戻すと、万里はすぐ顔を崩した。今、遥子のことで怒っていたことも、北海道に一緒に行った修のことも、純一君のことも支社長のことも、すべて忘れて目の前の相手だけしか映らないらしい。

遥子はえんえんと続く万里の話を聞きながら、かすかな羡望《せんぼう》を感じている自分に気づいていた。

# 3

最終電車で駅に降りると、思いがけず耕平が立っていた。

「あら、どうしたの」

「どうしたってことはないだろ。迎えに来たのさ。部屋に何度電話してもいないから」

「何か急な用事でもあったの」

「ないよ」

耕平は、怒ったように尻上がりの口調で言った。いや本当に怒ったらしく、ムッツリした表情で夜空を見上げている。

いつもこんな風に、耕平は子供のようにすぐ感情を表に出す。けれど遙子は、その正直な所が好きだった。

「きれいね、星がいっぱい出ているわ」

遙子はやさしい気持ちになって、一緒に空を見上げた。耕平といると、こうしたいつもなら照れてしまうような台詞《せりふ》も、すらすらと言えてしまう。それだけでも、耕平と一緒にいるということは、遙子にとって意味があると言えるかもしれない。

「待たせてごめんね。でも迎えに来てくれて、とっても嬉しかったわ」

耕平はすぐに機嫌を直して、肩に手を置いた。

駅から遙子のマンションまで、歩いて十分ほどの距離である。その間、耕平はもう逃がさないぞといわんばかりに、遙子の肩をしっかり抱いている。肩先から伝わってくる腕の重さは、遙子を落ち着いた気持ちにさせた。

「車は」

「マンションの駐車場に置いてきた。初めは車の中で待っていようかと思ったんだけど、あんまり遅いから散歩がてらに歩いて来たんだ。ついでにそこの本屋で、ほしかったのがあったから買ったよ」

耕平はもうシャッターの下りてしまった本屋を指差した。

「どれくらい待ってたの」

「電車が四本止まった」

それは二時間を意味する。

「そんなに」

遙子は思わず立ち止まって、あきれたように耕平を見上げた。

「こうなればもう意地さ」

「本屋さんも閉まったのに」

そう言いながらも、遙子は満ち足りた気持ちを隠せず、ふたたびゆっくりと歩き出した。

「本、何買ったの」

耕平が、大切そうに胸にかかえている本を見て、遙子は尋ねた。

この街には大きな医大があるので、ちょっとした本屋には必ず医学書のコーナーが設置されている。

「臨床医学の基礎」

45

# 海 色 の 午 後

「ふうん、また高いんでしょ」

「二万二千円した」

医学書が高いことは遙子もよく知っている。だが、必要とはいえ何万円もする本を次から次へと買っていく耕平を見ていると、どうも金銭感覚が自分とは少し違うような気がする。それは、耕平が通っているのが私立の医大で、周りも含めてお金持ちばかりいるから当然のことなのかもしれない。それでもたまには、古本屋で一生懸命探している学生だっているのだ。耕平は何の迷いもなくすぐに新しい本を買う。

「それと、婦人科器官総論だ」

「何、それ」

「一応、そういう心づもりはしておかなくちゃならないからね」

万里がさっき言ったことを、遙子はふと思い出した。

――耕平君の家は、大きな産婦人科の病院だから――

こうして耕平と甘ったるい毎日を送っていることとはまったく別に、未来だとか将来だとか、気の重くなる現実がやはりあるのだ。

「どうしたんだよ。僕が婦人科なんて言ったから、いやらしいって思ったんだろ」

遙子が黙っていると、耕平は見当違いのことを言った。

「子供が生まれるってことはね、そりゃあ神聖なことなんだよ。それにさ、女の人のアソコ見るっていったって、毎日毎日のことだろ。そんなの、いちいち驚いてたら、こっちの体がもたないよ」

耕平の釈明はまだまだ続きそうである。遙子は話が一段落すると、

「耕平、何だか言いわけしてるみたい。私は、いやらしいなんて思ってないわよ」

と言った。

部屋のドアを閉めると、耕平はすぐに遙子を抱きすくめてキスを求めた。

「ちょっと待って」

「嫌だ。駅で二時間待って、今も十分待った。もう限界だ」

バッグが足元に落ちた。まだ少し残っている酔いが、遙子の気持ちを柔らかく溶かしたようである。だがこのままベッドにまで運びこまれてしまいそうな

耕平の気配に、遙子は慌てて体を離した。

「ちょっと待って、シャワーを浴びるから」

さっきまでいたバーのよどんだ空気で、髪にも体にも、煙草とアルコールの臭《にお》いがしみこんでいる。このままでは、とてもそんな気にはなれない。

「もう待てないよ、ほら」

と、耕平は自分のズボンを指差した。確かに前のファスナーのあたりが少し膨《ふく》らんでいるように見える。抱きしめられた時、お腹にもそんな感触があった。

「いい子だから、もう少し待っててね。おいしいものは後で食べた方が、もっとおいしくなるのよ」

と、遙子はかがんで、笑いながらその膨らみの主に言った。

「じゃあ、僕も一緒に入るからね」

耕平はさっさと部屋に上がり、ポロシャツを脱ぎ始めた。

その時、不意に電話のベルが鳴った。

遙子も急いでハイヒールを脱ぎ、部屋に上がって受話器を取り上げた。こんなに遅く誰だろう、そう思うと同時にある予感がした。

49

# 海色の午後

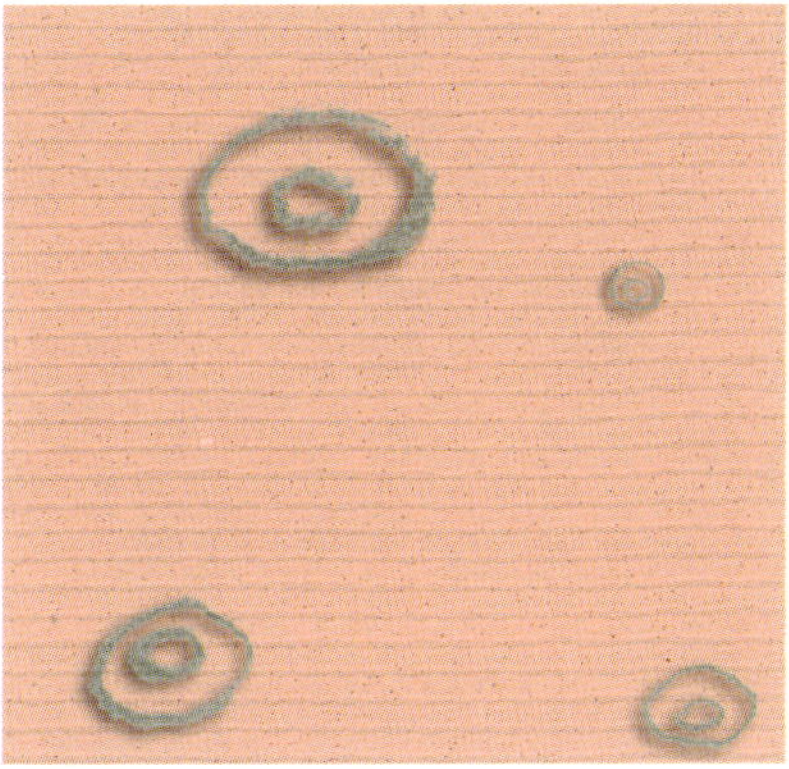

「もしもし、野口です」

「遙子か、私だ」

やはり父だった。父の声を聞くのは、この部屋に越して来てから初めてだった。

「さっきから何度かかけてたんだが、今帰って来たのか」

「ううん、もう少し前」

耕平が怪訝《けげん》な顔つきで、脱いだポロシャツを手に持ったままこちらを見ている。遙子は少し体の位置を変えて、耕平に背を向けた。

「いや、もう遅いから明日にでもしようかと思ったんだが、帰っていないと思うとやはり心配でね。遙子の声を聞いて安心した」

突然、軽快なサンバのリズムが流れ出した。耕平がラジオのスイッチをつけたらしい。遙子は振り向いて唇に指を当て、ボリュームを下げるように合図を送った。だが耕平は気づかない振りをして、ベッドの上に寝ころがった。

「誰かいるのか」

「ううん。いないわ。今日、短大時代の友達と久し振りに会ってたの」

「そうか」

「ごめんなさい」

「それならいいんだ、あやまることはない。それで、新しい部屋の住み心地はどうだ」

「快適よ。ベランダから海が見渡せるの」

「それはよかった」

遙子がマンションに引っ越すに当たって、父は敷金と権利金を出してくれた。金銭的なものはあまり受け取りたくなかったのだが、実際、遙子の貯金だけではとても払いきれなかった。父の世話にはなりたくない、という遙子の想いは、いつもこうして建前《たてまえ》だけで終わってしまう。

「ところで、今週の金曜日はあいてないか。夜久し振りに一緒に食事をしよう」

「私なら、いつでもあいてるわ」

「そうか、それならよかった。それでだが……」

父は言いかけて、少し言葉を跡切《とぎ》らせた。いつもの父らしくない、歯切れの悪い言い方だった。

「何？」

「いや、その時もうひとり招待したい人がいるのだが」

「私の知ってる人？」

「遥子は知らないだろう、あの若林君の――」

「あら、若林のおじさまなの」

「いや、若林君の息子さんだ」

「どうして息子さんが来るの」

「遥子に紹介したいんだよ。とっても感じの良い青年だ」

「もしかしたら、それお見合い」

「見合いとまで大げさに考えなくていい。いろんな人と知り合うことは、ひとつの財産だからね」

さっき、万里が結婚すると言っていたことが、やはり少しばかり気持ちを動揺させていたのかもしれない。父の言葉に、いつになく心が動いていた。この電話が昨日かかっていたなら、遥子は迷うことなくことわっていたに違いない。

53

# 海 色 の 午 後

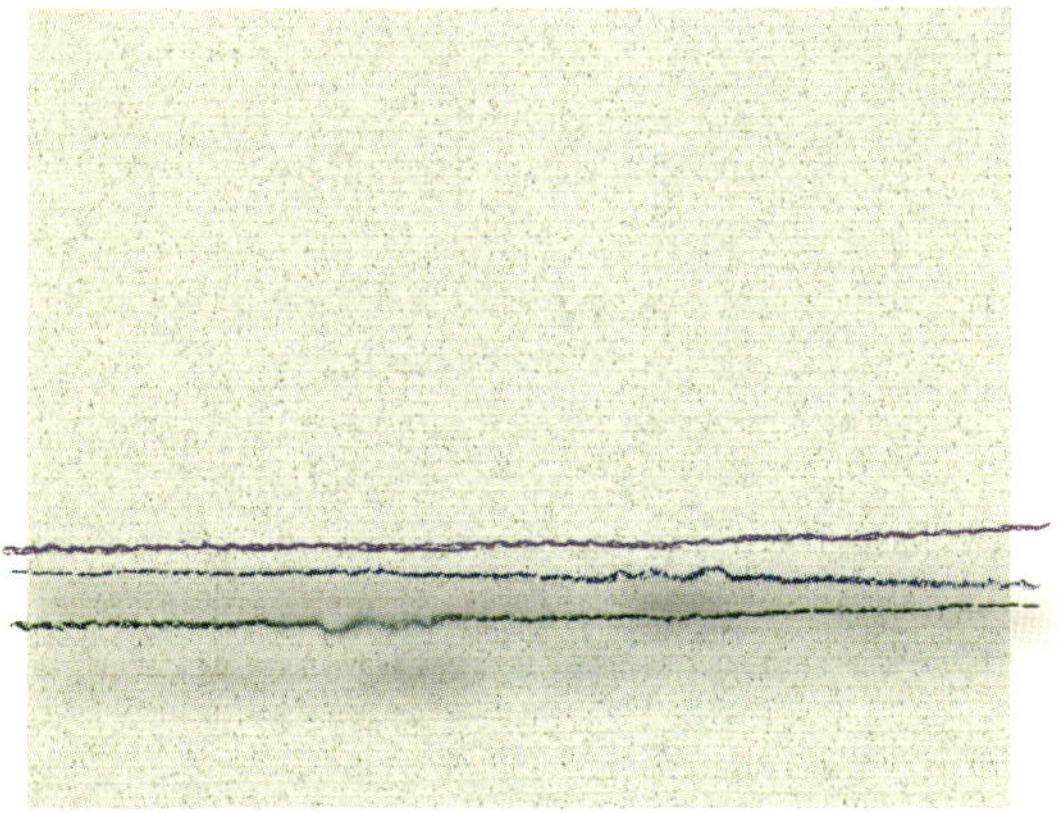

「わかったわ」

「そうか、会ってくれるか。実は遙子が言下《げんか》にことわるのではないかと心配していた」

「気楽に考えていいんでしょう」

「もちろんだ。じゃあ金曜日の夜七時に、グランドホテルのロビーで待っていてくれ」

電話を切ってから、遙子はふと耕平がいるのを思い出した。話の途中から、耕平の存在をまったく忘れていたのだ。いくら背を向けていたとはいえ、すべて聞こえたかもしれない。

「シャワー浴びたら」

遙子は自分の迂闊《うかつ》さにあきれながら、ドレッサーの前に座ってイヤリングをはずした。

耕平は上半身裸のまま、天井を見つめている。どんな表情をしているのか、鏡に映っている横顔だけではわからない。

ラジオから流れてくる曲は、いつの間にかスローなバラードに変わっていた。

「こんなに遅く、誰だよ」

「誰って」

どうやら話の内容までは、聞きとれなかったようである。

そのことにホッとしている自分に気づくと、遙子の中で、自分自身に対する疑問がふと頭をもたげた。いったい自分は何に安堵《あんど》したのだろうか。それは、電話の主が父であることを知られたくなかったからだろうか。それとも、見合いという言葉に少しでも弾《はず》んだ気持ちを持った自分を知られたくなかったのだろうか。

「誰だよ」

耕平は体を起こして、もう一度言った。

「父親」

結局、遙子は自分自身へのひとつ目の疑問を簡単にひるがえすことになった。

「父親って、お父さんかい」

「そうよ」

「君、お父さんいたの」

「そりゃ、いるわよ」

「ふうん」

「いたらおかしい」

「おかしかないけど、僕が思ってたのとちょっと違ってたから」

「私がひとりぼっちだと思ってたわけ」

「まあ、そんなところだ」

耕平は少し考えこむように、ふたたび天井を見上げた。

「そうか、お父さんがいるのか」

遙子は耕平にまだ何も話していない。初めて会った夜、耕平が母の三味線を見つけた時、気楽に話しておけばよかったのかもしれない。もし耕平が尋ねれば、話すつもりだった。隠すつもりはない。けれどこうして時間がたつと、それはいつの間にか『秘密』と呼べるものに変わっていたのかもしれない。

「耕平が入らないなら、私から入るわ」

結果的に、聞かれなかったから言わなかっただけのことである。

遙子はもつれそうな頭の中をいったん休止させて、バスルームに向かった。

言いわけは、されるのもするのも好きではない。

「僕、帰るよ」

耕平はベッドからむっくり起き上がって、さっき脱いだばかりのポロシャツをかぶった。

「そう、私はシャワーを浴びるわ。ロック、ちゃんとしていってね」

耕平が急に態度を変えて帰ると言い出したのは、電話のせいに違いなかった。けれども、遙子は引き止めようとはしなかった。

耕平を見送らずに、遙子はバスルームに入った。シャワーの栓をひねる。激しい水圧が気持ち良かった。しばらくすると、その水音の合間から、ドアの閉まる音が聞こえた。遙子は目盛をふたつほどあげて、熱めのシャワーを浴びた。

# 4

約束の金曜日の朝、遙子は、別にたいしたことではないと思いながら、いつになく洋服選びに時間がかかっていた。

通勤着はほとんどラフな格好ですましている。会社には制服がないので、動きやすく洗濯のきくものに、どうしても片寄りがちである。ただ、取引先との打ち合わせなどもあるので、ラフと言っても限度がある。

クローゼットの前に立って、しばらく腕組みをしながら迷っていたが、結局二着を選び出した。

クリーム色のオーバーブラウスを軽くブラウジングさせて白と黒の細かい千《ち》鳥格子《どりごうし》のギャザースカート、にするか、白地に黒の細かい水玉模様が散っているローウェストのワンピース、にするか、遥子はドレッサーの前で、何度か交互に当ててから、ようやくワンピースに決めた。

街では気の早い若者が、もう半袖を着て歩いている。外に出て、遥子はこの洋服を選んだことに一層満足した。


ロッカールームに入ると、樋口頼子がいた。

「おはようございます」

「おはよう」

頼子はいつになく落ち着かないようすで振り向いた。ロッカーの中を掃除でもしていたのか、足元には紙袋が置いてある。中にはいろいろ詰まっているようだ。

遥子は自分のロッカーを開けて、バッグを入れ、ハイヒールをはきかえた。そのかわりに、厚手のソックスをはき、カーディガンを羽織《はお》る。外は汗ばむ季節だが、中は相変わらずである。

マシン室では、すでにふたりがジョブを進めていた。軽く挨拶《あいさつ》してコンソールに座る。

しばらく夢中になってキーを叩いていたが、一段落つくと、遥子は頼子の姿が見えないことに気づいた。いつもなら別段気にもとめないのだが、さっきの頼子の態度は確かにいつもと違う。遥子はなぜか気になって、ガラス戸越しに事務室の中をのぞいてみた。

事務室はガランとしていた。ほとんどの社員は外出中か、マシン室に入っている。その中で、頼子はこちらにきれいな横顔を見せながら座っていた。ぼんやりと窓の景色をながめている。

めずらしく、メガネをはずしていた。そのせいか、今日の頼子はそれほど近寄りがたく感じなかった。遥子はガラス戸から離れて、事務室に入った。

「樋口さん、どうかしたんですか。何だか元気がないみたい」

頼子ははずしていたメガネをかけながら、遥子を見上げた。

「そんなことないわ」

そうきっぱり言われると、次の言葉が出ない。

遥子は、頼子に話しかけるためだけにここへ来たことを知られるのが嫌で、

# 海色の午後

自分の席に着いて引き出しを開けた。頼子のことが気にかかったとはいえ、いつもらしくないことをした自分に照れくささを感じていた。

引き出しの中には、次の仕事である繊維会社の給料計算処理のフローチャートが入っている。遙子はおもむろに取り出して、机の上に広げた。

フローチャートとは、プログラムを作成していくための基礎となるものである。仕事の流れを三角形やひし形やらと、決められた形でつなげていく。早い話が、一種のすごろくのようなものだ。

別段、今見る必要がないフローチャートだったが、何気なく目を通していると、ひとつ間違った箇所を発見した。そこを消してテンプレートで書き直す。テンプレートはその三角やひし形がくりぬかれている定規《じょうぎ》だ。

遙子のテンプレートはもう大分古いものだった。右側の一部が折れていてセロテープで補修してあるが、そこを利用する時は段にならないよう少し工夫しなければならない。

「野口さん、よかったらこれ使ってちょうだい」

いつの間にか、目の前に頼子が立っていた。差し出した手は、テンプレートを持っている。

「あら、でも悪いわ」

「いいのよ、私はまだ前のが使えるから。あなた、そこの所いつも段になってるじゃない」

「樋口さんのだって」

「気にしないで、どうせもう必要ないんだから」

頼子はそう言ってから、自分の言葉にハッとしたようだった。躊躇《ちゅうちょ》している遙子の机の上にテンプレートを置くと、遙子の目を避けるように席に戻った。

今、頼子のもらした言葉の中に、何か深い意味でもあったのだろうか。遙子は机の上に置かれたテンプレートを見つめた。それからもう一度頼子に視線を向けたが、そこにはいつもの頼子が座っているだけだった。

昼食に、いつもの定食屋に入ると、偶然、頼子と一緒になった。時間帯が少しずれているので、店の中は空《す》いている。が、わざわざ別のテーブルに座るのもどうかと思い、遙子は頼子の方へ近づいた。

「いいかしら」

「どうぞ」

相変わらず素《そ》っ気《け》ない。

「テンプレートありがとう。いつも新しいのをもらおうって思ってるんだけど、ついおっくうで」

マシンメーカーのCEが、メンテナンスに来る時にひと言頼めば、新しいテンプレートなどすぐにもらえる。だがメンテナンスは遙子たちが仕事のない時に行ってしまうので、なかなか頼めなかったのだ。

「気にしないで」

頼子は雑誌から顔を上げないで言った。

メニューの中からオムレツ定食を注文して、遙子が新聞を広げると、頼子の分が運ばれて来た。

「お先に」

頼子は小声で言い、箸《はし》をつけた。素っ気ないが礼儀正しい。味噌汁のふたを開けると、湯気が当たったのか頼子はメガネをはずした。伏目がちにすると、そろったまつ毛がきれいだった。

「樋口さんって、本当にまつ毛が長くてきれいね。メガネで隠すのもったいないくらい」

お世辞ではなかった。遙子は手元に新聞をたたんで、まじまじと頼子を見つめた。

「ありがとう」

頼子は無表情に言った。

「コンタクトレンズにしたら」

遙子は言いながら、少し差し出がましいことを言い過ぎている自分に気づいた。案の定頼子は、

「いいのよ、私は好きでメガネをかけているんだから」

と、断定的な口調で顔を上げた。

「ごめんなさい、余計なことを言ってしまったわ」

遙子はきつい眼差しを向けた頼子の態度に思わずひるんだのだが、同時に強い興味も湧《わ》いていた。頼子が自分の美しさを憎んでいるらしいという遙子の勘は、どうやら当たっているようだ。

遙子が素直に詫《わ》びたので、さすがに言い過ぎたと思ったのか、頼子も急にしおらしい態度になった。

「私こそごめんなさい。ほめられたのに怒ったような言い方をして。大人気《おとなげ》なかったわ」

それからふたりは向かい合ったまま、黙って食事をとった。

オムレツ定食はなかなかおいしかった。

頼子は先に食べ終わったが席を立とうとはせず、再び雑誌を広げた。どうも遙子が終わるのを待っているような気配だ。案の定遙子が箸を置くと、頼子はお茶に誘った。

休憩時間はまだ充分残っている。遙子にはことわる適当な理由など何もなかった。それに、やはりさっきの頼子の態度に興味があった。

定食屋を出てしばらく歩くと、小さな画廊がある。奥が喫茶室になっていて、もう一時を過ぎているせいか、いつもよりもっと静かだった。

窓際に座って、頼子はコーヒーを、遙子はカフェオレを注文した。

誘ったのは頼子の方なのに、頼子は無言のまま窓の外をながめている。遙子は一緒に来たことを少し後悔し始めていた。このまま三十分、気をつかって座っていなければならないことになる。

コーヒーがテーブルに置かれると、頼子はふたたびメガネをはずした。また気を悪くするかもしれないが、遙子はもう一度その話題に触れてみようと思った。

「樋口さん、目、大分悪いの」

「そうでもないわ、0・3ぐらいよ」

思ったほどこだわらずに頼子は答えた。

「いつもそうやってメガネかけてるの」

「家に帰ったらはずすけど、会社では細かい文字が多いでしょ。かけてないとすぐ疲れるから」

プログラムリストなど、英文字や数字がぎっしり並んでいる用紙と一日中にらめっこする仕事だから、確かに目は疲れる。遙子もここ二、三年で大分視力が落ちたような気がする。

「野口さんは、確か私の五つ下よね」

頼子は突然話題を変えた。

「あら、そんなに違いますか」

遙子はカップを持つ手を止め、驚いたように言った。いや現実に驚いていた。

「だって、私は二十七歳だもの」

「じゃあ五つ年上だけど、樋口さん、そんな風には見えないわ」

「もっと年上に見えた？」

「まさか。ふたつほど上かなって思ってたわ」

「ありがとう」

頼子は定食屋で言った同じ言葉を、今度は穏やかな笑みを浮かべて言った。

「そろそろ野口さんも、周りからうるさく言われ始める頃ね」

「えっ、何を」

「結婚よ」

頼子の口から『結婚』という言葉が出るとは意外だった。

「私はまだ……。それにひとり暮らししているでしょ。だからあまり言われないの」

海 色 の 午 後

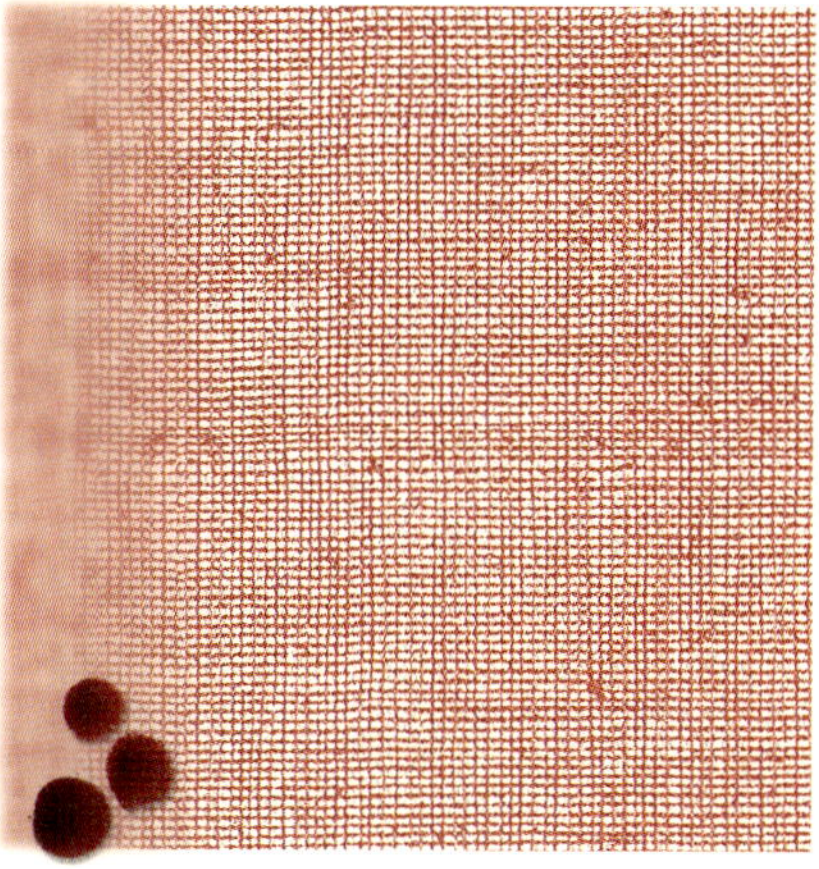

「そうだったわね」

「樋口さんこそ、結婚は?」

言ってから、遙子は自分の質問が頼子にどう受け取られるか少し不安になった。だが結婚の話題は、頼子から持ち出したものである。

「私、そうね、結婚したいわ」

頼子は意外なほど、すらすらと答えた。

「野口さんはどう?」

「私はまだまだ。何だか結婚ってことがピンとこなくて」

「でしょうね。私も二十二歳の頃はそうだったもの。結婚することよりも、まず結婚したいと思うような人と巡り合うことが先決ね」

「ええ。樋口さんにはもうそんな人がいるんでしょうね」

頼子は軽く笑って、コーヒーカップを口へ運んだ。否定も肯定もしない。

「私の友達は、もうほとんど結婚したわ。何度か遊びに行ったりもしたけど、一年もたつと、その辺を歩いている主婦と同じ顔になっちゃうのよね。すれ違っても気づかないこともあるわ」

「やっぱり、結婚すると変わるんでしょうね」

「変わらない人もいるにはいるけど、そんな人はまれね。ほとんどはただずるずると生活しているだけ。でもね、こんなこと言ってるけど、私も時々そんな生活をしてみたくなるのよ。特に仕事で行き詰まった時なんか」

遙子は同調してよいものか迷いながら、曖昧《あいまい》な笑みを浮かべた。

「でもそれは怖いことだわ。この何年かを棒に振るってことと同じでしょ」

確かに、頼子ほどの女性が今まで何もなくただ独身でいたとは思えない。結婚の免罪符《めんざいふ》だけがほしいなら、いつでも出来たろう。

「樋口さんは仕事が出来るから」

「仕事と結婚を比べたりしてないのよ。まったく別の問題だもの。ただね……」

頼子は言葉を跡切《とぎ》らせて窓の外をながめた。だがその目は景色を通り過ぎて、もっと別の遠い誰かを見つめているようだった。

「ただね、今自分にとって一番大切なものをしっかりと見極める目、ううん錯覚と呼んでもいいわ、それを失いたくないの」

頼子は複雑な笑みを浮かべた。

あの、いつもきっちりと姿勢をただしている頼子から、そんな立ち入った話を聞こうとは思ってもみなかった。仕事も含めて、物事を順序だてて着々と進めていく頼子からは想像も出来ない。

「たとえ結婚をぬきにしても、同じことだと思うわ」

話に少し熱が入りすぎていることに気づいたのか、頼子は照れたようにふたたびコーヒーカップを口に運んだ。

遙子はふと、今夜父の紹介で見合いらしきものをすることを思い出した。『結婚』を意識すれば、その男が一番身近な男になるだろう。耕平、ではない。だがやはり、まだ会いもしない相手を結婚につなげて考えることは、いささか困難である。

「そろそろ行きましょうか」

頼子ははずしていたメガネをかけて、テーブルに置かれた伝票を取り上げた。遙子も慌てて財布を取り出そうとしたのだが、

「いいのよ、誘ったのは私なんだから」

と、頼子はいつもの頼子に戻って、つき放すように言った。

結局、遙子は聞きたかったことを何ひとつ聞き出せなかった。だが、片鱗《へんりん》には触れたような気がする。何かにこだわりながら暮らしている頼子に対して、遙子は身近な存在を感じていた。

# 5

約束通り、グランドホテルのロビーに着いたのは七時ちょうどだった。

厚いガラス戸が左右に開いて中に入ると、広いロビーにもかかわらず、遥子はすぐに父を見つけ出した。こうして父と会うのは四カ月振りのことである。前に会ったのは、今遥子が住んでいるマンションの下見の時だった。

あの時、管理人は遥子を父の愛人かなにかと間違えて、興味ありげな目で見ていた。遥子はすぐその誤解に気づいたが、父はまったく無頓着《むとんちゃく》で、さかんに部屋の中を物色していた。よく見れば、父娘《おやこ》であることはすぐわかるはずである。眉から目元にかけては父のものを引き継いでいる。遥子が父を「お父さん」と呼んで、管理人は初めて気づいたようだった。驚いたようにふたりを見比べて、それから納得したらしく、急に態度を変えた。

ゆったりした革のソファに腰かけている父の向かい側に、若い男の背中が見えた。どうやらその人のようだ。

遥子はふたりのそばに近づいた。

「遅くなってすみません」

声をかけると、父はようやく遥子が来たことに気づいた。

「私たちも今着いたところだ」

向かい側に座っていた若い男はすぐに席を立って、軽く頭を下げた。

「紹介しておこう、若林裕介《ゆうすけ》君だ」

「はじめまして、若林です」

裕介は少し緊張しているらしく、両腕をきっちりと脇につけてもう一度頭を下げた。

「娘の遥子だ」

「野口遥子です」

遥子も挨拶を返した。父は目の前に立つふたりを、満足そうに見比べている。

ホームドラマに出て来る父のように、ありふれた笑顔の中にも探るような眼差しを含んでいる。

「若林の三男坊にしちゃ、なかなかいい男だろう」

「お父さんたら、失礼よ」

遙子は、裕介の父である若林なら幼い頃からよく知っている。父と母の唯一の理解者でもあった。ふたりはよく揃《そろ》って遙子の家へ遊びに来ていたので、幼い頃、遙子はどちらが本当の父親なのか迷ったぐらいである。

「若林のおじさまにはいろいろお世話になりました。しばらくお会いしてませんけど、お元気でいらっしゃいますか」

「はい、おかげさまで。元気すぎるくらいですよ」

そう言えば、頬《ほお》のあたりが似てないでもない。

「さあ、そろそろ上に行こうか。七時に予約を取っておいたから、支配人が怒ってるよ」

三人はロビーを横切って、エレベーターへ向かった。周りの視線がこちらに向くのを感じる。中には、父が山岸電機の社長であることを知っている人もい

77

# 海色の午後

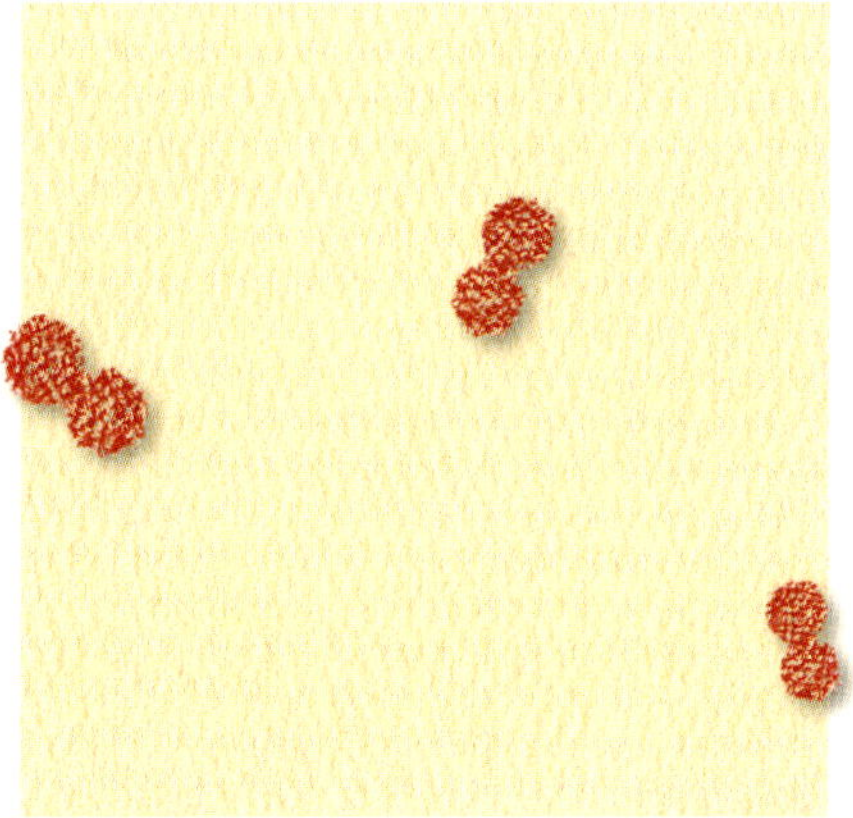

るのだろう。父は人から見られることには慣れているかもしれないが、遙子は体が硬くなった。

昨夜おそくに耕平から電話があった。今日、招待教授の特別講義があるとかで、寝ずに予習をしていると言う。帰りに寄ると言ったのだが、遙子は父と会うからとことわった。父の存在を明かしてから、急に気が楽になって遙子は父の名を使った。別に隠していたわけではないのだが、やはりそんな想いもあったのかもしれない。父、と言うと耕平は何も言わなかった。

最上階のレストランに到着すると、支配人がすぐに顔を見せた。

「いらっしゃいませ。お待ちしておりました」

仕事上の、とすぐにわかる笑みを満面に浮かべている。

窓際のいつもの席に、父と遙子は並んで座り、裕介は向かい側に座った。紺のスーツを無難に着こなしている裕介は、なかなか素敵だった。第一印象は、とても良い。

久し振りに食べるフランス料理だったので、とてもおいしかった。特にサーモンのクリームソース煮のイクラ添えは絶品で、思わず一皿追加を頼もうかと思ったぐらいである。

もっぱら食べることばかりに専念していたが、肉料理の出るほんの少しの間に、遙子はすばやく裕介を観察した。裕介の父親は、確か建設会社を経営しているはずだ。その息子なのだから、やはりどこか坊っちゃん育ちが見える。

「遙子、裕介君はまだ若いけど、建築設計の腕前はたいしたものだよ。この間、公園の隣に大きな美術館が建っただろう。あれも裕介君の設計だそうだ」

「違いますよ、おじさん。あの中の別館のひとつだけですよ。あんな大きな仕事、まだまだ僕の手には負えません」

裕介は慌てて訂正した。

「いや、それだけでも大したものだ」

「どうも参ったなあ。遙子さんは美術館にもう行ってきましたか」

裕介は照れた笑いを浮かべて、遙子の方に顔を向けた。

「いえ、まだ」

「じゃあ今度案内しましょう。あそこの受付嬢とは顔馴染《かおなじ》みになっておいたから、ただで入れてくれるんです」

裕介は気さくに言った。誘い方も、なかなかうまいようだ。

デザートのアイスクリームとコーヒーが出終わると、父は急に落ち着かなくなり腕時計を見た。

「これから取引先の人と会う約束になっているんだ。すまないが裕介君、遥子のおもりをしてやってくれ」

「おもりだなんて」

遥子はカップを置いて、軽く父をにらんだ。どうやら最初からそのつもりだったらしい。

「任せて下さい。ちゃんとお宅まで送り届けますから」

「じゃあ頼んだよ。遥子、今度電話をしなさい」

父が席を立つと、例の支配人がタイミング良く顔を出した。何度も頭を下げながら父を送り出している。父はちらりとこちら側に視線を送ったが、やがてドアの向こうに消えて行った。

「さすがにプロだな」

裕介は半ばあきれたようにつぶやいた。

*81*

# 海色の午後

「何が」

「支配人だよ。俺、いや僕ならあんなにした手に出られないよ」

「そうかしら。私にはわざとらしく嫌味に見えるけど」

「それはまだ俺たちが、いや僕たちがここへ食事に来る客としてはプロじゃないからさ」

「俺、でいいのよ。気にしないで」

「じゃあそうするよ。さあ、俺たちもそろそろ出ようか」

「ええ」

裕介は遙子がコーヒーを飲み終えたことを確認すると、席を立った。

外に出ると、夜風が紅潮した頬に心地よく、解放されたような気分になった。

ワインの酔いもちょうどよい。それは裕介も同じだったらしく、

「夜風が気持ちいいから、少し歩こうか」

と提案した。遙子ももちろん賛成だった。

「あんな高級なレストランなんて、あまり行ったことがないから、緊張しちゃって何を食ったかよく覚えてないよ」

裕介は気持ちよさそうに背伸びをしている。

「あら、でも若林のおじさまはよくいらっしゃってるみたいよ」

「親父《おやじ》は金を持っているから。だけど俺はしがない安月給だからね」

裕介はどうも父親と一緒にされることを嫌がっているようだった。さかんに、普通のサラリーマンを装っている。だがレストランでのナイフやフォークのさばき方を見れば、満ち足りた生活をしていることはすぐにわかった。

それは考えようによっては、金持ちで何不自由なく育った裕介の、一種のセンチメンタルかもしれない。たとえ長男でなくても、いずれはあの大きな若林建設の跡を継いでいくのだ。将来は保証されている。だが遥子は、そこまで曲がった考えを持ちたくはなかった。少なくとも、裕福さを隠したがる裕介に悪い感情はない。

「何だか腹いっぱいって気がしないなあ。遥子さんは」

「私はもうたくさん」

「そうか。じゃあ俺のために一軒付き合ってくれないかな」

遥子はちらりと腕時計を見た。九時を少し回っていた。最終電車にはまだ充分時間が残っている。

「ええ」

「少しあるけど、タクシーに乗るには近すぎるし、気持ちがいいから歩いていこう」

裕介は歩調をゆるめて、遙子と肩を並べた。こうして、耕平以外の男と歩くことなど久し振りだった。ふと、耕平は今頃何をしているだろうと思ったが、すぐにやめた。今はただ、夜風の気持ち良さと、おいしかった食事のあとの満足感だけを味わっていたい。

しばらく歩いていると、遙子はふと意地悪な質問をしてみたくなった。裕介が若林の息子なら、遙子の立場は十分知っているはずである。それを知っていながら、遙子と会う気になった裕介の気持ちを尋ねてみたい。

「裕介さん、私と父の苗字《みようじ》が違っていることに何か感じない」

「何かって、君の口からそうはっきり聞かれるとどう答えてよいかわからないけど、君は山岸総一郎氏の娘だ。たとえ苗字が違っていても、それは変わりない」

85

# 海 色 の 午 後

裕介は真顔になって答えた。

「今夜のこと、若林のおじさまも知ってるんでしょう」

「もちろんだ」

「妾の子でも、山岸電機の名前がついていればよく見えるのかしら」

「そういう言い方好きじゃないな。君はそんな風に考えているのか、自分のこと」

「事実だからよ」

遙子は母が死んだ時のことを思い出していた。通夜《つや》にも葬式にも父は顔を見せなかった。

高校一年だった遙子は、ひとりきりで祭壇の前に座っていた。黒枠の中で、母は幸福そうに笑っている。その写真をアルバムの中から選び出したのは父だった。遙子は、遙子が一番よく知っている寂し気な表情をした母の写真を飾りたかったのだが、父は許さなかった。母は幸福だったのだと、押しつけるようにこの写真を差し出した。その時から、もしかしたら遙子の中にかすかな憎しみが生まれたのかもしれない。

「君は今、不幸なのかい」

「そんなことはないわ。幸福だとは言えないにしても、けっして不幸じゃないわ」

ひとりになった遙子を、父は全寮制の女子校へ編入させた。お金は十分過ぎるほど、毎月振りこまれてくる。だが、遙子にはもう帰る家がなかった。

あの時、一度でも父は自分の家に来るようにとは言わなかった。たとえ来いと言われても行ける道理はなかったが、それでも言ってほしかった時もある。

「これだけは言っておくよ。俺は君が山岸総一郎の娘だから会う気になったわけじゃない。昔、君と一緒に遊んだことがあるんだ。それを思い出してね、ぜひ会ってみたくなった」

遙子は立ち止まって裕介を見た。

「いつのこと、そんなことあったの」

「覚えてないだろうなあ。俺が八歳ぐらいの時だったと思うけど、山岸のおじさんと親父と三人で、君の家に遊びに行ったんだ。君はまだちっちゃくて、本当に可愛かったよ」

裕介が八歳頃だとすると、遙子は五歳になるかならないかの年齢である。残念ながら、遙子は思い出せなかった。

「ごめんなさい。覚えてないわ」

「無理ないよ。俺だって君のこと聞くまで忘れてたんだから」

　ふたりはふたたび歩き出した。

「あの時ね、君があんまり可愛かったから、親父にまた連れてってほしいってせがんだんだけど、全然連れて行ってくれなかったんだ。俺が家に帰ってから、おフクロにいろいろしゃべっちまったからなあ」

　裕介との会話は楽しかった。遙子の生いたちもすべて知っているので、今さら何の説明もしなくていい。それはとても気楽なことだった。そのうえ遙子の幼い頃まで知っていると言う。肉親の少ない遙子は、それだけで遠いなつかしさを感じた。

「これは俺の勘だけど、親父のやつ、君のお母さんのこと好きだったんじゃないかな。だから自分のはたせなかった想いを、息子の俺に託しているんじゃないかと思うんだ」

89

海 色 の 午 後

「まさか」

「きっとそうさ」

裕介は声を出して笑った。

今の話がどこまで本当なのかはわからないが、面白い筋書きだと思った。母が生きていて、もしこの話を聞いたらどんな顔をするだろう。

「ここなんだ」

裕介は小さな料理屋の前で立ち止まった。藍《あい》の木綿地に、『駒《こま》』という店の名前がきっぱりと染めぬかれている。凝《こ》った飾りつけの多い店の中で、そのこざっぱりした店の外観はとても清々《すがすが》しく感じられた。

ふたりはのれんをくぐって中に入った。板前さんの威勢のいい出迎えに少し戸惑ったが、すぐに慣れた。カウンターに座ると、裕介は一層くつろいだ表情を見せて、

「ここは天ぷらがうまいんだけど、今日はちょっと重そうだから今度にしよう」

と、メニューを取り上げた。サザエを焼いているらしく、しょう油のこげた

匂いが漂ってくる。ふだん外食しがちな遙子には、その匂いがひどく家庭的に思えた。

裕介は鮎《あゆ》の塩焼きと、アワビの酢の物を注文した。遙子は酢の物だけをもらうことにした。

「ビールでいいかな」

「ええ」

ワインの酔いは、夜道にみんな置いてきたようである。つがれたビールをひと口飲むと、さっぱりした苦味がおいしかった。

「君はシステムエンジニアをやってるんだろ。時代の寵児《ちょうじ》的仕事だな」

「そんないいものじゃないわ。時間的に不規則だし、体力的にもきついし」

「ふうん、頭だけ使っていればいいんじゃないのかな」

「もっと大きな会社ならそうかもしれないけど、うちの会社ぐらいの大きさじゃ、何から何まで自分でやらなくちゃならないもの」

「俺も実は半年前、給料はたいてパソコン買ったんだ。だけどソフトを勉強したのは最初だけで、今はもっぱら市販のゲームばかりしてるよ」

裕介は気取らずに言った。

しばらくコンピューターについて話が弾んだが、ふとしたことからスキーが話題になると、裕介はもっと饒舌《じょうぜつ》になった。よほど得意らしく、今年の冬は北海道まですべりに出かけたと言う。遙子も一応道具はすべてそろっているのだが、寒さは苦手なのであまり行っていない。そう言うと、裕介は今度ぜひ一緒に行こうと大乗り気である。遙子は曖昧に笑っておいた。

時間も大分遅くなった。遙子が何気なく腕時計をのぞくと、裕介はめざとく見つけて、

「そろそろ帰ろうか」

と席を立った。

家まで送ると言う裕介の言葉をことわって、遙子は電車で帰ると言った。今なら、最終電車にちょうど間に合う。裕介は少し不満気に眉を寄せたがしつこくは言わず、駅まで送ってくれた。改札に入ろうとすると、

「俺の方から電話してもいいけど、君からの方がいいみたいだな。電話番号書いておいたから」

93

## 海色の午後

と、名刺を差し出した。もし裕介が先走った気持ちを持ったとしたら、それは遙子にとって少々重荷である。その点、裕介の態度は遙子の気持ちを軽くさせた。そしてあまり強引すぎない裕介も好もしく感じられた。

部屋に入ると、遙子はかすかな疲れを感じた。ここのところ寝不足が続いている。今夜は少し遊びが過ぎたかもしれない。

すぐさまバスの栓をひねり、それから部屋に戻ってドレッサーの前に座る。青ざめた顔をしているが、いつになく穏やかな表情をしていた。裕介と会ったことは楽しかった。そして、耕平に対して何の背信《はいしん》の気持ちも感じていないことにも、遙子は十分満足していた。

少し長めのバスを終えて、遙子はそのままキッチンに入った。冷蔵庫の中にはいつもの通り、ビールとトマトジュースと牛乳が並んでいる。その中からトマトジュースを取り出すと、遙子は軽く缶を振りながらベランダへ向かった。

戸を半分ほど開けると、レースのカーテンが大きく揺れて、無言のまま風が潮の香りを運んで来た。湯あがりの汗ばむ体に心地よい。

遙子は戸を開けたままベッドにもたれて缶のふたを開けた。夜遅いせいか部屋の中は不気味なほど静かで、そのアルミ製の金属音は驚くほど大きく響き渡った。波の音も聞こえない。

不意に、遙子は寂しさを感じた。ひとり暮らしにはちょうど良いはずの部屋が、少しばかり広々と感じる。ついさっきまで楽しかっただけに、祭りのあとのような虚《うつ》ろさを感じるのかもしれない。

耕平に電話をしてみようか、と思った。だが思っただけですぐにやめた。この寂しさは、元来、遙子だけのものである。しばらく忘れていたにしても、それは忘れていただけのことで消えてしまったわけではない。今、たとえ誰かの力を借りてうまくまぎらわしても、結局同じことである。むしろ遙子はその寂しさに浸《ひた》っていようと、積極的な気持ちになっていた。

母が死んだ時、初めて知った孤独感は遙子を原点に戻していた。これがなくては、これを捨ててしまったら、遙子は遙子ではなく、誰かに付随する遙子として生きていかねばならなくなる。

# 6

今朝のロッカールームはばかににぎやかである。キーパンチャーの女の子たちがたむろして、さかんに話しこんでいる。遙子は「おはよう」とだけ声をかけ、自分のロッカーを開いた。

「ねえねえ野口さん知ってる？　樋口さんのこと」

声をかけてきたのは、パンチャー室でもっとも古株の本多悠子だった。

「何のこと？」

「彼女、会社やめちゃったのよ」

「やめたって、いつ」

昨日、遙子は頼子と一緒にお茶を飲んだばかりである。そんな気配はまったくなかった。

「今日よ」

「今日って。どうしてそんなに急に」

「やめたって言うより、逃げたって言った方がいいかしら」

「えっ」

「ほら、営業の鳴瀬《なるせ》係長、あの人とどこかへ行っちゃったのよ」

遙子は話の内容がうまく呑みこめず、しばらくぼんやりと悠子の顔を見つめていた。鳴瀬係長は四十歳少し前の、おとなしい目立たない人である。その人と頼子を結びつけることは、いささか困難だった。

「まあ、駆け落ちってところね。鳴瀬係長には奥さんも子供もいるのに、樋口さんもやると思わない」

悠子は強引に合意を求めた。遙子は曖昧にうなずいたが、実際にはまだ信じてはいなかった。なぜ、どうして、という疑問が次から次へと湧いて来る。反応の鈍い遙子に、悠子は半ばあきれたようにパンチャーたちの輪の中に戻って行った。

事務室に入っても、もっぱらそのことばかりが話題になっているらしく、部屋全体に落ち着きがなかった。課長が何度か咳払《せきばら》いをして制しているのだが、静かになるのはその時だけで、五分もするとまたざわめき出す。部長はちょっとだけ顔を出してどこかに行ってしまっている。ありふれた会社の中で、頼子と鳴瀬係長のとった行動は、大きな波紋を呼んでいた。

遙子も、今日中にテストを終えてしまわなければならないジョブをふたつも持っていながら、仕事が手につかずにいた。窓際の空席になっている頼子の席だけが、事務室の中でそらぞらしく浮かび上がっている。遙子は引き出しの中から、昨日頼子からもらったばかりのテンプレートを取り出した。

あの時、「私にはもう必要ないものだから」と言った頼子の意味はこれだったのだろうか。

テンプレートには、仕事の流れを表すいろいろな形がくりぬかれている。その中で、イエスかノーかの判断をする形はひし形を使う。つまり選択するのだ。これはプログラムを作成するうえで、最も重要な流れのひとつと言える。

遙子は鉛筆を取り上げて、そのひし形を描いてみた。少し傾いた、不安定な格好をした形が現れた。それはもしかしたら、頼子の姿そのままかもしれない。錯覚とまでは呼べないにしても、鳴瀬係長と逃げたことは尋常な頼子の行為だとは思えない。だがそれを選択した以上、頼子にはひとつの道が決まったのだ。遙子は強い羨望《せんぼう》を感じた。はたして自分も頼子のように、何もかも捨てられるほどの気持ちになれるだろうか。そういう人と、いや人でなくてもいい、そういう何かと巡り合えるだろうか。

遙子は空席になった頼子の座席を見つめながら、迷路の奥深くへ入りこむような気持ちになっていた。

朝、遙子は波の音で目覚めた。これほど良く聞こえて来るとは、空気が澄んでいるに違いない。ベッドから腕を伸ばしてカーテンを引くと、期待通り、晴れ渡った空がまず見えた。それからゆっくり視線を下げて海を見る。青い。今朝の海は本物の青さを感じさせる色をしている。

遙子は思い切ったようにベッドから起き上がって、ベランダに続くガラス戸のカーテンも引いた。あふれるように、光が部屋の隅々まで広がる。あまりに健康的すぎて、少し戸惑いを覚えてしまうぐらいだ。

ここへ越してきてから四カ月ほどの間、こんなふうにゆっくりと海を見るのは初めてだった。日曜はたいがい一週間分の寝不足を取り戻すために昼過ぎまで寝ているか、耕平が泊まりに来る。平日は朝の気ぜわしさで海をながめる暇などとてもない。

トーストとコーヒー、それにスクランブルドエッグという簡単な朝食をとっていると電話が鳴った。

「おはよう」

耕平である。相変わらず明るい調子で、朝聞くにはぴったりの声だ。

「おはよう。集中講義の方どうだった」

「こんなに勉強したの久し振りだよ。今日午後から最後の講義があるから、それ終わったら寄るよ」

「バイトは」

「昨日と今日は休みをもらった」

「じゃあ、何か食べ物買って来てくれない。今日は外に出たくないの」

*101*

# 海 色 の 午 後

「ＯＫ」

電話を切ってから、遙子は部屋の中の窓という窓をすべて開けた。いつもこもりがちな部屋の空気を入れ換えるつもりだった。それから掃除をし、洗濯をした。

こういう家事を、遙子は意外と好きなことに自分で驚くことがある。外に出たり仕事をしたりすることよりも、家の中でこまごましたことをする方に興味を持ってしまう。それだからこそ、いつもは適当にすませるようにしているのだ。好きになりすぎて、そういう生活にどっぷりつかってしまうことが怖かった。

だいたいのことをすませてしまうと、ちょうど耕平がやって来た。両手に大きな紙袋をふたつもかかえている。耕平はテーブルの上に紙袋を置くと、得意気な顔つきでワインを取り出した。

「どうしたの、パーティでもするつもり」

「それもいいね」

「高かったでしょ」

「国産の中くらいのやつさ。今日は全部僕に任せて、君はベランダで日なたぼっこでもしててよ」

耕平はばかにはしゃいでいるようすだ。よほど嬉しいことでもあったらしい。

「日なたぼっこするには日差しが強すぎるわ。それで、いったい何を作ってくれるの」

「若鶏のワイン蒸しにじゃが芋《いも》のスープ。それにブロッコリーのサラダだ。ドレッシングはしょう油味だよ」

遙子からエプロンを取り上げると、耕平はまた紙袋をかかえてキッチンに向かった。

「耕平どうしたの。何かいいことでもあったの」

「まあね」

「何」

「あとで言うさ。君はレコードでも聴いててよ。一時間ぐらいで出来上がるから」

遙子は耕平の言葉通り、レコードラックの中から無造作に一枚を選び出した。

ジョン・クレマーを聴くのは久し振りだった。

　ドレッサーの上に乗せてあったバッグに腕を伸ばすと、裕介からもらった名刺がはらりとカーペットの上に落ちた。それを拾い上げて、遥子ははたして自分が裕介に電話をするだろうかと、他人事《ひとごと》のように考えていた。

「ねえ知ってる。このマンションの裏側に、新しいのがもうひとつ建つんだって」

　耕平が台所から大きな声をあげた。遥子は裕介の電話番号を小声でつぶやいてから、それを暗記する前に、ふたたびバッグの中に戻した。

「七階建てらしいから、この部屋から海が半分ほど見えなくなるかもね」

「どこに建つって言ったの」

「ベランダからのぞいてごらんよ。もう基礎工事が始まってるだろ」

　ベランダに出て下を見おろすと、確かにミキサー車が何台か並んでコンクリートを流しこんでいる。ここに建つとなれば、耕平の言う通り半分ほど見えなくなるだろう。遥子は、たぶんそのマンションが建つだろうと思われる位置に手のひらをかざしてみた。海が四角になった。

*105*

海 色 の 午 後

「君のお父さんって、山岸電機の、あの山岸総一郎なんだってね」

耕平がいつのまにかそばに来ていた。

「そうよ、よく知ってるわね」

「初めからそう言ってくれてたら、苦労しなかったのに」

「何のこと、聞かれなかったから言わなかっただけよ。隠していたわけじゃないわ」

そう言いながら、遙子は自分の言葉が言いわけがましいと思っていた。そして同時に、本当に知られたくなかったことが母が芸者をしていたことではなく、父が山岸総一郎であるということだとも気づいていた。彼の娘であるなら、たとえどんな立場であっても許されるというのか。

いや、そうじゃない。そういいながらも、結局父を愛し、彼に甘えている自分自身を遙子は許せなかったのだ。

「気を悪くしないでくれよ。親父にさ、君のこと話したんだ。ほら、君にお父さんがいるってわかった夜さ。そしたら親父のやつせっかちだから、君のことすぐに調べたんだよ」

遙子は風を感じた。その空《むな》しい乾いた風は、遙子にまとわりつくように通り過ぎていく。だが、海には白い波が見えない。

「山岸総一郎ならって、親父ったらもう決まったようなこと言ってるよ」

「海の色がきれいね。半分になっちゃうなんて残念だわ」

「僕としてはどっちでもよかったんだ。君がひとりでもね」

「海の色って、やっぱり青とは違うのね。そう思わない」

「僕の話を聞いてないのかい。今、大切なことを言ってるんだよ。こっち向いて、もっと真剣に聞いてくれよ。海なんていつでも見れるじゃないか。いつもと変わんないよ」

耕平はめずらしく口調を荒げた。

風は執拗《しつよう》に遙子を取り囲み、体温を奪いとっていく。遙子は冷《ひ》え冷《び》えとした肌寒さを感じた。

「僕が言ってる意味、ちゃんとわかってるんだろ」

「耕平、何をそんなに力んでいるの。肩の力を抜いてみたら。そしたら本当の色がわかるから」

「わかってて、そんなこと言ってるのかい」

「…………」

「調べたりしたことは悪かったよ。でもそれも僕たちふたりのためだ。僕たちの前途は開けたんだよ」

「僕たち……」

「そうだよ、僕と遙子の前途さ」

「わからないわ。少なくとも私の前途じゃないような気がする」

「何を言ってるんだ。ふたりのことに決まってるじゃないか」

遙子はふたたび海を見た。この風はどこから吹いて来るのだろうか。正面から受け止めたいのだが、方向がわからない。そうしているうちに、遙子はかすかな苛立《いらだ》ちを感じてきた。さめた、鈍い苛立ちだった。

「耕平、帰ってくれない」

その言葉は耕平をひどく傷つけたようだった。耕平の顔は大きく歪《ゆが》んで、いまにも泣き出しそうな表情になった。

「帰れって、調べたことがそんなに気にさわったのか」

# *109*
# 海 色 の 午 後

「そうじゃないわ」

「じゃあ何なんだ。さよならってことなのか」

「…………」

「そうなのか」

「耕平がそう感じたのなら、そうかもしれない」

「なぜこんなことになっちまうんだ。僕たちうまくいってたじゃないか。急に気が変わったのか」

「気が変わったわけじゃないわ。そうね、きっと気がついたんだと思うわ」

「すべて、僕のひとり相撲《ずもう》だったと言うんだね」

耕平は乱暴にエプロンをはずして、カーペットの上に投げ捨てた。そして無言のまま部屋から出て行った。

この意外な展開には、遙子自身も驚いていた。確かに耕平が遙子の身の上を調査したことは愉快なことではなかったが、それだけのことで別れてしまおうと思ったわけではない。話をしているうちに、自然とそういう結果になってしまったのだ。だがそれが自然なら、当然の結果とも呼べるかもしれない。

遙子はもう一度海を見つめてみた。

やがてここから見える海は、限られた四角い小さな海でしかなくなる。遙子の人生もこの海と同じように、いろんなものにさえぎられて、歪んだ小さなものになるのかもしれない。しょせん、海の広さなど誰にも測ることが出来ないように、人生のすべてを味わうことなど無理な話なのだ。

遙子は部屋に戻って、バッグの中から裕介の名刺を取り出した。そしてふたたびベランダに出て、その名刺を小さく引き裂いた。父で失ったものを、父で補うことは出来ない。

海に向かって思いきり放り投げると、白い紙片は季節はずれの雪のように、はらはらと舞い降りて行った。

「私は海が好き。でも海の広さが好きなんじゃない。海の青さが好きなの」

午後の日差しは海と溶け合って、やがて夕暮れ色に染まり出していた。

# 二十年目のあとがき

今からちょうど二十年前、一九八四年、私は集英社が主催する第三回コバルト・ノベル大賞受賞がきっかけとなって、この世界に足を踏み入れた。

その応募作が、本文庫となった『海色の午後』である。

二十年も前の受賞作を、今更文庫になどしてよいものか、正直言って迷った。まず、時代が違う。主人公はシステムエンジニアだが、今では誰も耳にしない古いコンピューター用語がぞろぞろ出てきてしまう。ファッションや風俗は時代遅れもいいところだし、ストーリーも甘っちょろくて浅い。何より、下手だ。恥を晒《さら》すだけなのではないかという思いに包まれた。

それでも、結局、出版することに決めたのは、読まれた方にどんなふうに受け取られようとも、これが私の小さな一歩となった小説であることは間違いないと思ったからだ。

二十年前、私はこんなに長く小説を書き続けられるとは思ってもいなかった。こんな形で応募作と再び顔を合わせ、こんなあとがきを書くことになるなんて、想像もしていなかった。

たぶん、これはとても私的なあとがきになってしまうだろう。それでも、この世界に入ったささやかな経緯のようなものを書かせていただこうと思う。

小さい頃の私は、どこにでもいる、どうということのない少女だったと思う。多くの子供たちと同じように、空想好きではあったけれど、決して文学少女ということはなく「家にたくさんの書物があり、難しくてわからないながらも、むさぼるように読んだ」と、いうようなこともまったくなかった。

学校に行って、放課後は暗くなるまで外で遊び、ご飯を食べて、テレビを観て、寝る。毎日、それの繰り返しだった。

勉強もできる方ではなかった。かといってビリを取るほど個性的でもなく、いつも中くらいだ。先生から叱《しか》られることもないかわりに、特別褒《ほ》められることもなかった。

ただ、私は小さい頃から背が高く、周りに「元気な子」という印象を与えていた。もちろん、元気な子であるのは間違いないのだが、幼心にも「そういう私ばかりではない」と感じていた。幼い頃は、大人に対しても子供同士でも、周りの期待を敏感に感じ取り、応えようとするものだ。私も例にもれずそうだった。期待に添えるよう、いつも元気に振る舞った。そうして、そうでない私とのギャップを埋めるために、私はいつか、ノートに詩のような散文のような日記を書き始めるようになっていた。

もし今、書くことの原点を挙げるとするならば、その日記になるのかもしれない。

中学と高校は、正直言って部活動しか記憶にない。バスケットボール部に入って、学校には練習のために通っているという感じだった。短大生の頃は、それがアルバイトとボーイフレンドに取って代わる。

十代の頃の私はどんなだったか。

それを語っても、たぶん、とてもつまらないものになると思う。思春期から大人になってゆく女の子の典型と思っていただいて十分だ。好きな男の子がいて、自意識が強く、臆病《おくびょう》で、コンプレックスにまみれていた。優しいところもあったと思うが、意地悪な面も持っていた。私と友達でいてくれた子もいるし、私を嫌っていた子もいた。楽しいこともあったし、嫌なこともあった。傷つけられたし、傷つけた。みんなおあいこだと思っている。そう思うしかないと決めている。

そんな学校生活を終え、二十歳で地元銀行に入行した。

ちょうど銀行業務がオンライン化される頃で、私はコンピュータールームに配属された。なので残念ながら、研修以来、お金に直接触ったことはない。

五年ぐらい勤めたら結婚するつもりの、ごく普通の（この言い方もある意味傲慢《ごうまん》だが）ＯＬだった。ＯＬという呼称も今は簡単に口にできなくなったが、少なくとも私にはその呼び方がふさわしい。

今は死語かもしれないが、適齢期と呼ばれた二十四歳の頃、好きだった相手にあっさりふられてしまった。もちろん、彼と結婚したいと思っていた。その時は、とても悲しかったし、つらかった。今考えると幼稚としか言いようがないのだが、とにかく彼と結婚することにしか照準を合わせていなかったので、それがなくなってしまった後、何をどうすればいいのか、これからどう生きればいいのか、すっかりわからなくなった。

それからの数年は、私の不運時代と言えるだろう。

まず、突然、体中に湿疹《しっしん》が出た。顔はさほどでもなかったが、ほぼ全身、小さな出血を伴う湿疹に包まれた。痛くも痒《かゆ》くもないのだが、とにかく自分でもぞっとするぐらいひどい。医者に行くと難しい学術名を言われ、他人にうつることはないし、健康にも支障はないが、完治には時間がかかると言われた。

その言葉通り、少しよくなったかと思うとまた出てくる、その繰り返しだった。何せ若い身空のこと、ショックは大きかった。自分の姿を見るたび、泣いていた。こんな体じゃもう恋愛も結婚もできないと思った。

湿疹を誰にも見られたくないので、真夏でも長袖を着たし、パンツスタイルを通した。会社の制服はスカートだったので、ストッキングを二枚重ねではいていた。それでもすべては隠せない。服から出ている私の手や首を見て、露骨に眉を顰《ひそ》められたこともある。「それ本当にうつらないの?」とか、はっきり「気持ち悪い」と言われたこともある。その頃は人と会うのがいやでたまらなかった。

二年ほどして、ようやく湿疹が落ち着いた頃、今度は卵巣嚢腫《のうしゅ》摘出の手術を受けた。もともと生理が重く、腹痛や発熱もあったのに、婦人科検診など思いもよらず、放っておいたのが原因だ。摘出はひとつで済んだが、何だか自分も女として半分になってしまったような気がしたものだ。

退院して半年後、私は七年勤めた銀行を辞めた。

職場の居心地はよかったが、フル回転しているコンピューターを冷やすために室内は常にファンが回り、低温状態で、とにかく体が冷えてしまう。その頃の私には体力的にきつくなっていた。

もちろん、理由はそれだけではない。追い詰められたような気持ちがあったのも確かだ。不運が続いて、少し自棄になっていた。辞めれば何かが始まる、いや、辞めなければ何も始まらない、そんな焦りがあった。

ただ、もともと臆病な私は無職になる勇気などなく、辞めた後は義兄の会社に雇ってもらう約束が前提にあったから辞めた、というのが本当のところだ。

ちなみに、ＯＬ十年とプロフィールに書かれることが多いので、十年間同じところに勤めていたと思われる方もいるようだが、ひとつめの会社が七年、ふたつめで三年、計十年ということになる。

次の職場での仕事は、新しく設置された事務所の電話番だった。安定したお給料を貰《もら》えるのは有難かったが、生きがいややりがいを覚える仕事というわけにはいかなかった。けれども定時に終わり、時間だけはあったので、習い事に励んだ。

その頃、手に職を持つ、ということにひどく憧れて、さまざまな習い事をした。茶道と華道は二十歳の頃からしていたが、その他にも洋裁にエアロビクス、三味線にレザークラフト、着付け、他にもあったが忘れてしまった。資料を取り寄せただけなら、美容師にエステティシャンに医療事務にコピーライター。加賀友禅の職人になりたくて弟子入りを頼み込んだこともある(これはあっさり断られてしまった)。

どうしてそんなに「手に職」にこだわったかというと、一生ひとりかもしれないという不安があったからだ。そしてもうひとつ「私は独身だけれども、ちゃんと手に職を持っています。生きがいもやりがいもあることをしています」という、エクスキューズが欲しかったからだ。

かといって、真剣に習い事に打ち込んだかといえば決してそうではなく、お見合いもたくさんした。そんな面倒なことをしなくても、結婚すればすべてが丸く収まるという思いも捨てられなかった。

結局、どれもこれも、うまくいかなかった。

習い事は続かなかったし、お見合いもことごとく失敗に終わった。

そんな自分に落胆し、うんざりし、失望した。私ってどうしてこうなのだろう。

何をやってもモノにならない。飽き性で、こらえ性がなくて、中途半端。

そんなことを、日記に綿々と綴《つづ》っていた。

そうして、初めて気がついた。飽き性の私だけれど、不思議なことに、日記を書くということだけはこんなにも続いているではないか。

どうせ書くなら小説という形にしてみるのはどうだろう、と思い立ったのは自然の成り行きだったかもしれない。


それから、とにかく書いた。せっせと書いた。大学ノートに、びっしりと文字を埋めていった。てにをはもストーリーも関係なく、ただ思いのたけをぶつけるような具合だった。

驚いたことに、それが楽しくて、毎日書かずにはいられなくなった。

それまでは仕事が終われば誰かを誘って飲みに行くか、習い事に通うというのを習慣にしていたが、小説を書き始めるようになってから、興味はそれだけに向くようになった。毎日、家に帰るのが楽しみだった。夕食を終え、お風呂に入ると、テレビも観ないで机に向かった。

日記は書いても他人に読まれたくないが、小説は誰かに読んでもらいたくなるものだ。私も同じ気持ちになった。けれど知っている誰かに読んでもらうのは恥ずかしい。それなら応募という手があるではないか。応募なら、誰にも知られない。出版社には様々な新人賞があり、応募するには年齢も性別も資格も何も必要ない。門は開かれている。

それで、まず三十枚の短編を書き、純文学系の小説誌に応募した。当然だが、一次選考に残るどころか、箸にも棒にも引っ掛からなかった。これでいやになるかと、私は自分に不安を持った。今までの自分を思えば、そうなって当然という気もした。ところが、思いがけず「じゃあまた書いてみよう」という気持ちになっていた。そのことに私自身が驚いた。その時にはもう、小説を書くという楽しみにすっかり夢中になっていたのである。

それからもう一本、短編で応募した。同じような純文学系と呼ばれる小説誌だ。もちろん落ちた。童話の募集にも応募したが、それもダメだった。

さすがの私も少しは考えた。書きたいという気持ちだけで書いているが、どうもピントがずれているように思う。小説というものに対して、訳がわからないまま枠のようなものを作っている。小説というのはきっとこういうものに違いない、という頭でっかちな思い込みだ。だからつい肩に力が入り、勝手に文学を背負って、こうでなければ、と思うところに収めようとしている。私はようやく、私らしいもの、というより、私が書けるものを書かなければ何の意味もない、ということに気がついた。

そこで出会ったのが季刊誌「コバルト」である。文庫はすでに出ていたが、季刊誌はちょうど創刊されたばかりだった。そこに「コバルト・ノベル大賞」の募集を見つけた。二十歳前後の女性を対象にした百枚の小説ということで、とても身近に感じた。これなら書けるかもしれないと思った。

それから三ヶ月ほどかけて、私は『海色の午後』を書き上げた。

このタイトルはずっとファンだったユーミンの「海を見ていた午後」から頂いた(黙って借りて申し訳ありません)。

受賞できたらいいなという思いはもちろんあったが、本当に受賞できるとは思ってもいなかった。とにかく書いて応募する。それだけでも十分に満足していた。

だから、編集部から電話をもらった時は本当に嬉しかった。二十九歳の時だ。私も驚いたが、もっと驚いたのはたぶん家族だろう。私がそんなものを書いているとは想像もしてなかったはずだ。その夜は興奮して、なかなか眠れなかったのを覚えている。

ここでペンネームの由来も少し。

初めて小説を応募する時、本名を出すことに抵抗があった。誰かに知られたら恥ずかしいし（考えてみれば、知られるわけがないのだが）、小説を書く自分はいつもと違う自分になりたいという思いもあった。

考えたのだが、これがなかなか思い浮かばない。そうこうしているうちに締切が（と、勝手に思っているだけだが）近付いてくる。

ふと、母親が若い頃にペンネームを使っていたことを思い出した。小説を書いていたわけではなく、母は昔から洋画のファンで、通っていた映画館が発行している小冊子によく投稿していたらしい。その時に使っていたのが「行川奎《ゆいかわけい》」という名前だった。字を変えて「唯川恵」にし、私はそれを無断借用した。その時は、とりあえずのつもりだったが、結局、ずっと使い続けることになった。今では、すっかり自分と一体化している。

とにもかくにも、そのペンネームでコバルト・ノベル大賞を思いがけず受賞し、今に至ることになったのである。

あれから二十年がたった。

時折、人から「運のいい人」と言われることがある。「順調」という言葉を使われることもある。それを否定する気は少しもない。確かに運がよかったし、小説を書くことでどうにかこうにか食べて来られたのだから順調とも言えるだろう。

けれど、やはりそれだけではないということもわかってもらいたい気持ちがある。

幸運に恵まれたが、不運にも泣いた。書いても書いても売れなかったり、認められなかったり、編集者や同業者から鼻であしらわれたこともある。やっと本が出たと思ったら、出版社が倒産して印税を受け取れなかったこともある。その間には失恋もし、両親も老い、私も年をとった。

ただ、不思議なことに、どんな時でも書くことをやめようと思ったことだけはなかった。

今も真っ白な画面を見ると(パソコンです)、途方に暮れた気持ちになる。私自身、長く書いていればいつかすらすら書けるようになるに違いないと期待していたのだが、いつも頭を抱え、もう駄目だ書けないと弱音を吐いている。

それでもやめられないのは、これは私に与えられた、私にできる、たったひとつの仕事なのだと思っているからだ。

いつか、私の書くものなど誰の興味もひかなくなってしまう時もくるだろう。たとえ、誰にも買われなくなっても、もう本という形にならなくても、私はきっと書き続けているような気がする。かつて、大学ノートに、何のあてもないままただひたすら文字を綴っていたあの時のように。

感謝をこめて。

二〇〇四年　四月

唯川　恵

この作品はコバルト・ノベル大賞入選作品集として一九八五年二月、集英社より刊行されました。

集英社文庫

海色《うみいろ》の午後《ごご》

2004年6月25日　第1刷

定価はカバーに表示してあります。

著　者　唯《ゆい》　川《かわ》　恵《けい》

発行者　谷　山　尚　義

発行所　株式会社　集　英　社

東京都千代田区一ツ橋2—5—10
〒101-8050

電話　03（3230）6095（編集）
（3230）6393（販売）
（3230）6080（制作）

印　刷　凸版印刷株式会社

製　本　凸版印刷株式会社







Printed in Japan

ISBN4-08-747706-1 C0193